Michael Kühne & Axel Löber

ERLESEN UND ERLOGEN

www.erlesenunderlogen.de.vu

Herstellung und Verlag: Books on Demand GmbH, Norderstedt

ISBN 3-8334-1841-9

Kühne, Michael / Löber, Axel:
Erlesen und Erlogen

Erste Auflage
Gießen 2004

Umschlagbilder: Torsten Radon (Vorderseite), Tanja Hagedorn (Rückseite)
Lektorat: Katja Steiger, Stefan Zielsdorf

INHALT

SECHSTES KAPITEL
APPENDIX MAXIMUS   123

ERSTES KAPITEL

DIE BAHN KOMMT!

Jajaja, das sagt sich so dahin, dass man gern mit der Eisenbahn fährt, dass man die Bequemlichkeit liebt, einfach einzusteigen, eine Zeitung zu lesen oder ein Buch. Oder die Augen zu schließen und zu träumen. Und dann hält der Zug, und man ist da.
Gott, wie sich das so dahinsagt!

Axel Hacke,
»Wenn ich in den letzten Zügen sitze«

„Wenn einer eine Reise tut, dann kann er was erzählen", so weiß der Volksmund, und schafft damit auf wundersame Weise eine Brücke vom rastlosen Umherstreifen und -irren zum Berichten in Ruhe – und damit letztlich auch zur Belletristik.

Schon immer gibt es in der Literatur den Topos des in die Welt hinausziehenden und geistig gereift wieder heimkehrenden Wanderers, der nun, reich an neuen Eindrücken und niegekannten miasmatischen Krankheiten, den Zuhausegebliebenen in den schillernden Farben einer ganz und gar unchristlichen Selbstüberhöhung von den glücklich überstandenen Abenteuern zu berichten weiß, die eine Pauschalreise zu Saisonbeginn auf iberische Eilande im allgemeinen mit sich bringt.

Aber machen wir uns nichts vor: Nicht selten nimmt schon die Reise an sich abenteuerliche Züge an – vor allem, wenn man in ebendenselben unterwegs ist.

Folgen Sie uns also nun ins Reich der Bahnhofshallen und Waggonabteile, der humorbewehrten Schaffner und mobiltelephonierenden Mitreisenden, zu den singenden, trinkenden und schunkelnden Kegelclubs und den finster dreinblickenden Bundeswehrheimkehrern; aber beachten Sie immer, falls es Ihnen schwindlig werden sollte:
Non aprire prima che il treno sia fermo!

Michael Kühne

EIN GERÜCHT

FRANKFURT. Der Aufsichtsrat der Deutschen Bahn AG hat in der vergangenen Woche die Anschaffung neuer Reisezugwagen beschlossen. Die neuen Fahrzeuge sollen so ausgerüstet werden, daß sie dem Reisenden auch bei niedrigen Geschwindigkeiten das Gefühl einer schnellen Zugfahrt vermitteln. Dies soll durch eine neuentwickelte Federung, spezielle Achslager, sowie noch lauter arbeitende Scheibenbremsen erreicht werden. Um für den Fahrgast auch optisch den Eindruck hoher Geschwindigkeiten zu unterstützen, sollen speziell geschliffene Fensterscheiben zum Einsatz kommen; mit entsprechenden Versuchen soll noch in diesem Monat in Jena begonnen werden.

Mit dem neuen Wagenkonzept möchte die Deutsche Bahn AG eine breitere Akzeptanz für langsames Reisen in der Bevölkerung schaffen. Inoffiziellen Meldungen zufolge entfällt durch die Herabsetzung der Reisegeschwindigkeit die bisher noch notwendige Sanierung von etwa 1.600 Langsamfahrstellen bundesweit, dies entspreche Einsparungen in Höhe von rund 2,35 Mrd. DM. Zunächst ist eine generelle Herabsetzung der Geschwindigkeit aller Reisezüge auf 20 km/h geplant, sollte das Konzept aber angenommen werden, so ist mittelfristig mit weiteren Geschwindigkeitssenkungen zu rechnen; die Gespräche hierzu laufen noch.

Axel Löber

BAHNSTEIG

Da steh' ich nun, ich armer Tor,
Im Bahnhof Frankfurt – gleich halb Acht –,
Wo gestern ein Clochard erfror;
Es wintert sehr und ist schon Nacht.

Um mich herum nur wildes Rennen,
Bloß Schubsen, Stoßen, Reißen, Drängeln;
Verquollen laute Kinder flennen,
Erschöpfungsblasse Eltern gängeln.

Durch Fastfood fette Schüler hasten,
Some trendy Businesswomen stöckeln,
Längst ausgezehrte Rentner rasten,
Vom Einkauf dünne Nerven bröckeln.

Nur ich allein als Ruhepol
Verweil' inmitten dieser Massen
Am letzten Gleis und denke wohl:
„Ach, hätt' ich mich doch holen lassen."

Die Eisenbahn, die blöde Karre,
Für die man Schienen hier gebaut,
Und der seit Stunden ich nun harre –
Sie wurd' in Darmstadt aufgestaut.

So steh' ich hier mit meinen Sorgen;
Es frieren mir die Ohren ab.
Ich denke mir, es sei schon Morgen
Und dass ich ein Zuhause hab.

Da schweift mein Blick von unten hoch
Und überbrückt den breiten Graben;
Er fällt auf Koffer noch und noch,
Die dort 'nen Berg gebildet haben.

Daneben steht, ich seh' sie klar,
Komplett in blau die schönste Frau...
Ihr Anblick ist so wunderbar,
Ich glaub', dass ich 'nen Engel schau.

Sie blickt mich an und lächelt leise.
Ich lächle auch und nicke sacht
Und merke gleich auf diese Weise,
Dass sie allein für mich gemacht.

Für mich ist klar, ich muss zu ihr;
Es ist nicht weit, paar Schritte bloß.
Dort drüben steht allein das w i r .
Mein Koffer bleibt, ich laufe los. –

Doch viel zu langsam ist mein Gang.
Ein Krampf durchzieht mein rechtes Bein.
Ich eile wild am Gleis entlang,
Da fährt schon ›Stuttgart-Kassel‹ ein.

Ich renne keuchend um mein Leben
Und weiß genau um diese Chance;
Wohl kaum wird's nochmal eine geben,
Die Angst bringt mich aus der Balance.

Das Glück ist nah; das schaffe ich!
Wild hastend geht's den Bahnsteig runter.
Da öffnen alle Türen sich,
Die Menge schwillt – ich gehe unter.

Den Blick ganz starr nach vorn gerichtet,
Vergess' ich glatt den Untergrund
Und hab es somit nicht gesichtet,
Das winzig kleine Bisschen Hund.

Ein Einfall schießt noch durch den Sinn:
„Fast ist es so, als ob er lacht!"
Dann stürz' ich wahrhaft haltlos hin;
Um mich herum wird plötzlich Nacht. – – –

Mit Riechsalz holt man mich zurück
Und schlägt mir leicht auf beide Wangen.
Man meint, ich habe großes Glück,
Der Hund den Sturz hat abgefangen.

Ich weiß sogleich, was niemand sagt:
Der Zug ist fort, die Frau entschwunden.
Das Tier und ich, wir sind geplagt:
Der Hund ist tot – ich ungebunden.

Ich stehe auf, ich armer Tor,
Im Bahnhof Frankfurt – jetzt halb Acht –
Und komm' mir wie ein Dummkopf vor;
Es wintert sehr und ist schon Nacht.

Michael Kühne

EINE REISE IN ACHT LIMERICKS

I Der Anfang

Ich saß mal im Eilzug nach Gießen
Und ließ die Gedanken so fließen,
Brachte sie zu Papier.
Das Produkt seh'n Sie hier –
Ich hoffe, daß Sie es genießen....

II Der Sänger

Ein Sänger im Bahnhof von Schladern
Begann, mit dem Leben zu hadern,
Denn wer immer auch kam
Und sein Singen vernahm,
Dem stockte das Blut in den Adern!

III Die Kontrabassisten

Einst probten im Bahnhof von Wissen
Drei Kontrabassisten verbissen
Ein chaotisches Stück,
Doch zu unserem Glück
Sind dann ihre Saiten gerissen.

IV Der Bläser

Ein Bläser im Bahnhof von Brachbach[*]
Hielt Brachbach auch nachts noch mit Krach wach:
Er blies Horn, mit Gewalt,
Doch das legte sich bald –
Er stürzte im Nebel vom Flachdach!

---

[*] *Anmerkung des Autors:* Aus reimtechnischen Gründen muß der Ort Brachbach hier beim leisen wie beim lauten Lesen mit zwei kurzen Silben ausgesprochen werden; tatsächlich wird aber die erste Silbe mit langem ›a‹ ausgesprochen, etwa wie: Als er stolperte, brach Bach sich ein Bein. Ich wollte aber auf diesen außergewöhnlich originellen Ortsnamen nicht verzichten und bitte daher, die verfälschte Aussprache zu entschuldigen.

V Der Pianist

Es war einst am Bahnhof von Siegen,
Da wollte ein Pianist fliegen.
Und er schwang sich vom Dach,
Doch sein Flügel war schwach –
So kann man nur Kopfschmerzen kriegen!

VI Der Geiger

Es stand einst am Bahnhof von Haiger
Für mehrere Wochen ein Geiger.
Klein war sein Repertoire:
Nur ein Lied bot er dar –
Das ging mir doch sehr auf den Zeiger!

VII Die Triangelspieler

Es heißt, daß im Bahnhof von Wetzlar
Ein Lachverbot höchstes Gesetz war,
Denn ein Triangelchor
Spielte manchmal dort vor –
Und die sind besonders verletzbar....

VIII Das Ende

Es war einst im Bahnhof von Gießen,
Als mich diese Blätter verließen;
Sie verwehten im Wind
Und mein Haß wurde blind –
Das fand selbst der Schutzmann zum Schießen.

Michael Kühne

DIE DOPPELMODERATION

Schon seit längerer Zeit erfreut sich die Doppelmoderation einer fast unglaublichen Beliebtheit. Ganz gleich, ob Sportereignis, Karnevalsumzug oder Beerdigung: zwei Kommentatoren erzählen immer mehr als einer. In diesem Sinne gebe ich nun ab an Hans Werner Lemke und Jürgen Rotter, die von einem Großereignis ganz besonderer Art berichten... Hallo Jürgen Rotter, hören Sie mich?

R o t t e r : Ja, hier melden sich Jürgen Rotter und Hans Werner Lemke, wir berichten heute live vom ersten offiziellen Nahverkehrsmarathon aus dem Hauptbahnhof Osnabrück...

L e m k e : ...und, sehr geehrte Zuhörer, sie kommen gerade rechtzeitig zur Einfahrt des Eurocity 307 Lüneburger Heide von Hamburg nach Frankfurt am Main, über Münster, Dortmund, Essen, Bochum, Mülheim an der Ruhr, Düsseldorf, Köln, Bonn, Koblenz und Mainz...

R o t t e r : ...und schon sind die Reisenden eingestiegen, ja, der Zugbegleiter legt ein enormes Tempo vor, und da gibt es vom Stellwerk auch schon grünes Licht, erwartungsgemäß gute Zeit für Zugbegleiter Krammsen und seine Mannschaft, während der Regionalexpreß immer noch an Gleis 13 steht, ja... das kann wohl nur...

L e m k e : ...ja, Jürgen, wie es aussieht, wartet man hier noch auf Anschlußreisende aus anderen Züge, da wird sich die Abfahrt wohl noch etwas verzögern.

R o t t e r : Währenddessen wenden wir unser Augenmerk wieder auf Gleis 4, wo in diesen Minuten mit der Einfahrt des Interregio nach Hannover gerechnet wird...

L e m k e : ...ja, der IR 3327 ist das...

R o t t e r : ...der ja, wie wir wissen, schon in den vergangenen Wochen nie besonders pünktlich war, denn gerade im Großraum Unna sorgen doch einige Gleisbaustellen immer wieder für Verzögerungen...

L e m k e : ...und da kommt auch schon die Durchsage, ja, der Interregio läßt noch auf sich warten, und die Reisenden, zum großen Teil Fußballfreunde auf dem Weg zur Partie TuS Sprockhövel gegen FC Hückeswagen, sind von dieser Nachricht ganz und gar nicht begeistert, das ist klar...

R o t t e r : ...doch es gibt auch Erfreuliches zu berichten, denn soeben ist an Gleis 9 der ICE »Mondscheinsonate« eingefahren, Lokführer Franz Schöndorff liegt sehr gut im Plan...

L e m k e : ...immerhin kann Schöndorff auf 17 erfolgreiche Jahre als Straßenbahnfahrer in Karlsruhe zurückblicken, davon 12 ohne Schaffner!

R o t t e r : Ja, Hans Werner, gelernt ist eben gelernt,... noch ein Blick zurück zum Regionalexpreß an Gleis 13... nein, hier ist noch keine Entscheidung zur Abfahrt gefallen, Zugbegleiterin Schneider läuft sich aber schon am Bahnsteig warm...

L e m k e : Das Wetteramt Münster hat für heute abend auch leichten Bodenfrost gemeldet, das erschwert die Sache natürlich...

R o t t e r : Aber was tut sich denn da an Gleis 4?

L e m k e : Ja, verehrte Zuhörerinnen und Zuhörer, soeben kam die Nachricht, daß der Interregio nach Hannover wohl doch erst frühestens in einer Dreiviertelstunde eintreffen wird, und nun haben einige enttäuschte Hückeswagener Fußballfans eine Schlägerei mit einem wehrlosen Kartentelephon angezettelt...

R o t t e r : Das sind nun aber wirklich unschöne Szenen.

L e m k e : Nein, das wollen wir bei einem solchen sportlichen Ereignis wirklich nicht sehen !

R o t t e r : Doch da schreitet schon die Bahnpolizei ein, beendet die Tumulte und sperrt jetzt die Fußballfans und das Telephon in eine Zelle.

L e m k e : Nach diesem traurigen Zwischenfall schauen wir nochmal zurück zu Gleis 9, wo... ja, wo immer noch der ICE »Mondscheinsonate« auf die Abfahrt wartet... die Türen sind schon lange geschlossen... was ist da bloß los?

R o t t e r : Es ist unfaßbar, liebe Zuhörer, dem Bordrestaurant ist doch tatsächlich das Toastbrot ausgegangen; das muß jetzt erst einmal wieder eingeladen werden...

L e m k e : ...das erklärt natürlich die außerplanmäßige Verzögerung...

R o t t e r : ...das Mitropa-Service-Team empfiehlt aber nach wie vor Penne al Funghi, wahlweise auch mit Tomatensauce, für 4 Mark 50, sowie Badischer Weißwein, die 0,2-Liter-Flasche nur 8 Mark 76 inklusive Mehrwertsteuer.

L e m k e : Mittlerweile hat sich an Gleis 13 der Regionalexpreß in Bewegung gesetzt... mir persönlich erscheint diese Entscheidung äußerst fragwürdig, ich bin sicher, in der Zeitlupenwiederholung wäre ganz klar zu sehen gewesen, daß längst nicht alle Anschlußreisende...

R o t t e r : Da, ein Lokwechsel auf Gleis 105!

L e m k e : Ja, liebe Zuhörerinnen und Zuhörer, wahrhaft dramatische Szenen spielen sich da ab an Gleis 105, da ist die E-Lok eines Güterzuges offensichtlich mit... ja, mit einem Trafoschaden liegengeblieben, das Fahrzeug wird vom herbeigeeilten Hilfszug weggeschleppt, tja... diese Panne kostet Fahrdienstleiter Henschel wieder wertvolle Minuten...

R o t t e r : Bleibt natürlich die Frage, wer nun den Güterzug hier wegzieht, denn gerade die Stahlträger im dritten Waggon und besonders die Seelachsfilets in den beiden Kühlwagen am Zugschluß müssen jetzt schnellstens weiterbefördert werden...

L e m k e : Ja, hier ist also noch alles offen, es bleibt nach wie vor spannend, und, meine lieben Zuhörerinnen und Zuhörer, mit diesen aufregenden Impressionen geben wir zurück in die angeschlossenen Wartesäle.

Michael Kühne

ERLEBNIS REISEN

Sonntag, an irgendeinem Bahnhof in Deutschland. Ein neues Semester hat begonnen, morgen früh steht die erste Vorlesung für mich an, und ich, der ich das Wochenende bei meinen Eltern und Mäzenen verbracht habe, möchte die Rückreise zu meinem Studienort mit der Bahn antreten. Leider habe ich es versäumt, die dafür erforderliche Fahrkarte zu erwerben, und leider hat die Bahn zur Feier ihrer Privatisierung den hier bis vor wenigen Jahren noch festangestellten Schalterbediensteten in die Selbständigkeit entlassen. So stehe ich 1. einer Herausforderung in Gestalt von 2. einem Fahrkartenautomaten gegenüber, dem ich ein ebensolches Produkt abzuringen mich anschicke.

Der Automat, ein silbern glänzendes, hochmodernes Gerät, verfügt über einen kleinen flachen Bildschirm in Brusthöhe, der gleichzeitig die zur Eingabe von Start- und Zielbahnhof erforderliche Tastatur beinhaltet und also ein sogenannter »Touch-Screen« ist (der oder das? oder gar die?), will sagen: Zur Auswahl tippt man direkt auf die auf dem Bildschirm angezeigten Wahlmöglichkeiten. Zunächst werde ich nach meinem Wunsch gefragt, denn neben der Abgabe von Fahrkarten kann der Automat unter anderem auch Reiseverbindungen heraussuchen und Sitzplätze reservieren. Da ich aber nur an einer Fahrkarte interessiert bin, tippe ich also auf den angezeigten und weiß unterlegten Schriftzug »Fahrkarten«. Nun braucht das Gerät Angaben zu meinem Abfahrtsort, denn man kann an diesem Automaten auch Fahrkarten für Reisen von den entlegensten Bahnhöfen erwerben. Dankenswerterweise steht der Bahnhof, an dem ich mich gerade befinde, ebenfalls zur Auswahl (da hat wohl jemand mitgedacht), und so tippe ich auf die entsprechende Anzeige. Mit dem Zielbahnhof ist das nicht so einfach. Schließlich verbindet ein einziges, weitverzweigtes Schienennetz die meisten Bahnhofsanlagen hierzulande miteinander – was, nebenbei bemerkt, den Bahnverkehr mit Schienenfahrzeugen erheblich vereinfacht – so daß aus Sicht des Automaten grundsätzlich jeder andere Bahnhof als Ziel meiner Reise in Frage kommen könnte. Angezeigte Felder mit Anfangsbuchstaben von A bis Z laden dazu ein, meinen gewünschten Zielbahnhof gleichsam alphabetisch einzukreisen.

Da mein Studienort in einem Verkehrsverbund liegt, innerhalb dessen den Studenten die Benutzung der öffentlichen Nahverkehrsmittel nach Zahlung des Semesterbeitrages ohne weitere Kosten gestattet ist, ist mein Zielbahnhof ergo der erste in diesem Verbund liegende Bahnhof auf meinem Weg, in meinem Falle Dillbrecht, eine trostlose Station, die aber trotzdem oder gerade deshalb ganz gut zum namensgebenden Ort paßt, und an der mein Zug nicht einmal anhalten wird.

Ein Druck auf die Anzeigen »C bis E« und anschließend »DET bis EBE« führt zu einer Auswahl, bei der mir Dillbrecht schon ausgeschrieben angeboten wird. Gerne würde ich nun auch den Zielbahnhof endgültig eingeben, doch der Automat verweigert die Annahme. Wie eingangs geschildert, drückt man zur Auswahl direkt auf die angezeigten Wahlmöglichkeiten. Das hat bis zu dieser Stelle auch ganz gut funktioniert, nun aber liegt der Schriftzug »Dillbrecht« dummerweise unter dem Autogramm, das ein vandalisch ambitionierter Zeitgenosse augenscheinlich etwas ungelenk in den Bildschirm gravierte, was denselben an dieser Stelle für Eingabezwecke offensichtlich unbrauchbar macht. Ich wiederhole meinen Eingabeversuch mehrfach, aber vergeblich. Der Automat glaubt wohl, ich hätte es mir anders überlegt, und springt zurück zum Startbild, bereit für die Aufnahme neuer Kundenwünsche. Ein wenig genervt beginne ich ein weiteres Mal mit der Eingabe: »Fahrkarten«, Startbahnhof, Zielbahnhof »C bis E«, »DET bis EBE«, und bei »Dillbrecht« endet auch der zweite Versuch, eine Fahrkarte zu kaufen, obschon ich energisch mit beiden Daumen gegen den Bildschirm presse. Erneut springt der Automat zum Startbild. Nun schon leicht gereizt, wiederhole ich in schnellem Tempo meine Eingaben: »Fahrkarten«, Startbahnhof, Zielbahnhof »C bis E«, erwische dann aber im Überschwang die Auswahl »CUX bis DES«, was mein Temperament natürlich nicht dämpft, sondern mich nun meine Stimme erheben läßt: „Wieso wird man hier nicht von einem Menschen bedient? Der hätte mir die Karte schon dreimal verkauft." Die Ant-

wort folgt auf dem Fuße: „Na klar, weil so ein Automat
lauter Vorteile mit sich bringt: der wird nicht krank, nicht
müde, arbeitet auch sonntags, verlangt keine Rente und
wird nicht schwanger. Obwohl... wer weiß, vielleicht ist
das Gerät ja schon im neunten Monat und bringt morgen
ein wenig KLEINGELD ZUR WELT!" Ein älteres Ehepaar neben mir ergreift seine Taschen und geht schnell zum anderen Ende des Bahnsteiges.
Soeben wird die baldige Ankunft meines Zuges per Laut-
sprecher verkündet. Die Zornesröte steigt mir ins Gesicht,
als ich hektisch einen weiteren Versuch unternehme, an
eine Fahrkarte zu kommen; aus Sicherheitsgründen dik-
tiere ich mir die anzutippenden Wahlmöglichkeiten:
„FAHRkarten, STARTbahnhof, Zielbahnhof C bis E, DET
bis EBE, Dillbrecht. DILL-BRECHT. Dill-bre-hecht." Wieder
und wieder bearbeite ich die Mattscheibe, bis endlich der
Automat nachgibt und nun weitere Fragen an mich richtet: ob ich Erwachsener bin oder Kind, Hund oder Fahr-
rad, ob ich in der ersten oder zweiten Wagenklasse reisen
möchte, ob ich eine Bahncard besitze oder nicht, wann ich
verreisen möchte – „Wann schon? SOFORT!" Die Lichter
meines Zuges tauchen am Horizont auf, noch winzig, aber
sich unaufhaltsam nähernd. Glücklicherweise nimmt der
Automat alle meine Angaben nun widerspruchslos entgegen, bis er endlich den Preis meiner Fahrkarte nennt. An
meinen drei Fünfmarkstücken aber ist das Gerät ebenso-
wenig interessiert wie an Münz- und Papiergeld überhaupt. Nun erst bemerke ich nämlich, daß man die Fahrkarten hier nur mit Kreditkarten bezahlen kann, und eine
solche besitze ich nicht. Einige Sekunden überlege ich, die
dem Automaten schon mehrfach angedrohten härtesten
physischen Strafmaßnahmen jetzt in die Tat umzusetzen,
verwerfe dann aber diesen Plan (auch und gerade, weil ich
die dazu erforderlichen Einbruchswerkzeuge nicht mit
mir führe) und besinne mich auf das probate Modell des
Schwarzfahrens.
Der Zug hat den Bahnhof erreicht, ich steige ein und lasse
mich erschöpft in einem leeren Viererabteil nieder. Wenige Kilometer später werde ich vom Schaffner auf meine
Fahrerlaubnis angesprochen. Mein Ansinnen, diese nun
bei ihm zu erwerben, quittiert der Bahnbedienstete mit
dem Hinweis: „Die sollten Sie aber eigentlich am Bahnhof
kaufen..." Sekundenbruchteile später überschreitet mein

Adrenalinspiegel alle Toleranzgrenzen, und ich über-
schütte den solcherart völlig überrumpelten Schaffner mit
einer Fluchkaskade, deren Wortschatz sich weitestgehend
aus dem reichhaltigen Vokabularium der Land- und Vieh-
wirtschaft speist. Dann verliere ich das Bewußtsein.

Als ich wieder zu mir komme, liege ich im soeben einset-
zenden Nieselregen neben meiner Tasche auf dem Bahnsteig einer kleinen Station im tiefsten Westerwald und
sehe in der Ferne noch die langsam verschwindenden
Schlußlichter eines Zuges.

Nächstes Wochenende besuche ich wieder meine Eltern.
Ich sollte mich schon mal um eine Fahrkarte kümmern...

Axel Löber

AUTOFAHRER-SONETT

Den Weg von mir zur Uni jeden Morgen
Befahr' ich gern mit meinem alten Wagen
(Solid' und auch bequem, das muss man sagen!);
In diesem fühl' ich mich stets sehr geborgen.

Doch haben all die Andren scheinbar Sorgen:
Sie schimpfen, geifern, toben und verzagen
Und gingen mir so gerne an den Kragen;
So mancher möcht' sich ein Gewehr besorgen...

Man hupt und schreit und zeigt mir Stinkefinger
(Die Toleranz der Leute wird geringer);
Der hinter mir zieht fuhrmannsgleich vom Leder – – –

Der Grund, dass Menschsein hier in Schwachsinn mündet,
In meinem Fahrstil letztlich liegt begründet:
Ich fahre dreißig. Rasen kann ja jeder.

ZWEITES KAPITEL

MIT ANDEREN WORTEN

Gute Literatur reizt zur Parodie.
Schlechte zwingt dazu.

Hermann Redinghaus,
»Aphorismen« Teil 2

Ach, was muß man oft von bösen
Schreibern und Poeten lesen!
Wie zum Beispiel von dem einen,
Und von anderen, die meinen,
Daß die Leser lesen wollten,
Was sie „wissen müssen" sollten.
Doch auch Klassiker von Größe
Bieten manche Denkanstöße.
Man liest vieles in der Schule:
Von dem König, dem in Thule,
Von dem Deichgraf und dem Reiter,
Von dem Weisen – und so weiter.
Häufig will man die Lektüren
Dann auch passend kommentieren:
Mal wie sie, im gleichen Ton,
Mal mit Achtung, mal mit Hohn.
Dieser Wunsch im Schädel reift,
Bis man selbst zur Feder greift,
Denn ein guter Jungautor
Knöpft sich auch die Alten vor!
Wir, die wir dies Büchlein schrieben,
Sind dem Grundsatz treu geblieben;
Das Kapitel hier mag Ihnen
Dafür zum Beweise dienen.
Sollten Sie beim Lesen fragen:
„Was soll uns das Vorwort sagen?
Birgt es gar noch eine Lehre?"
Ja natürlich, und die wäre:

Dies war eine Parodie.
Nun, mein Freund, erkennst Du sie?

Michael Kühne

GEDICHT VOM DICHTEN

Eine Stilkopie nach Eugen Roth

Ein Mensch faßt den Entschluß und spricht:
„Ich schreibe heut' mal ein Gedicht!",
Nimmt Tintenfaß, Papier und Feder
Und schwingt sich eifrig aufs Katheder.
Man glaubt schon, daß er nun beginne,
Da hält der Mensch noch einmal inne,
Denn nun bemerkt er sorgenvoll:
Er weiß nicht, was er schreiben soll.
So läßt der Mensch die Feder sinken
Und geht ein Gläschen Rotwein trinken,
Denn irgendwann, glaubt er zu wissen,
Wird ihn die Muse küssen müssen.
Indes, die Muse küßt ihn nicht.
So schreibt der Mensch nun ein Gedicht,
In dem er eindrucksvoll erzählt,
Wie sich ein Mensch beim Dichten quält,
Wie ihm kein einz'ger Vers gelingt
Und er stattdessen Rotwein trinkt.
Damit nun aber alle Welt
Dies Werk auch für ein Kunstwerk hält,
Verpackt der Mensch es noch subtil
In eines and'ren Dichters Stil.
Und wer das liest, merkt ohne Not:
Der Mensch kopierte – Eugen Roth!

Und wird der Mensch nun nicht verlacht,
Mit Lob gar und Applaus bedacht,
Ist die Moral des Werks durchschaut:
Es kommt drauf an, bei wem man klaut!

Michael Kühne

WAS GESCHAH WIRKLICH
MIT GOETHES »FISCHER«?

Drei Antwortversuche

I:

Das Wasser rauscht', das Wasser schwoll
Bis auf des Strandes Weiten.
Ein Fischer sah's und dachte: „Toll!
Das sind wohl die Gezeiten!"

Das Wasser rauscht', das Wasser schwoll,
Schlug schäumend an die Klippe;
Dem Fischer lief der Stiefel voll –
Er starb an einer Grippe.

II:

Der Fischer trat hinaus in's Watt,
Als just das Meer dort Ebbe hatt'
Im Kattegat,

Und eh' er's merkte, kam die Flut
Und nahm dem Fischer Hab und Gut
Und Angelrut'.

Dem Fischer ward das Herz so schwer,
Doch wenig später wurde er
Stationsvorsteeer.

III:

Es zog einst ein Fischer allein in die Weite
Und warf seine Angel dort aus.
Und wär' er gestoßen auf andere Leute
So fernab von seinem Zuhaus',
Dann hätten sie sicher den Eindruck gewonnen,
Es ginge ihm wirklich nicht gut.
Es schien so, als folge der Fischer versonnen
Dem Wechsel von Ebbe und Flut.

Er fing keinen Fisch, keinen einzigen kleinen,
Er zog keinen Stiefel an Land.
Doch sollte uns das nur natürlich erscheinen,
Weil er im Kartoffelfeld stand.
Es hatte inzwischen zu regnen begonnen;
Durchnäßt war das Hemd, das er trug,
Und trotzdem verfolgte der Fischer versonnen
Den Wechsel von Egge und Pflug.

Da zog man ihm über die Jacke aus Leinen
Und hat ihn von da an bewacht;
Er wurde gefesselt an Armen und Beinen,
Damit er das nie wieder macht!
Doch dann, eines Morgens, ganz heimlich und leise
Verschwand ohne Warnung und Gruß
Der Fischer, fast tänzelnd, auf seltsame Weise:
Im Wechsel von Elle und Fuß.

Was lehrt uns nun diese bizarre Legende?
Zu antworten fällt wohl nicht schwer:
Der Eine sieht manchmal nur ödes Gelände,
Der Andere aber sieht mehr...

Michael Kühne

DIE BÜRGSCHAFT

Eine Seifenoper

Zum »Dionys«, der Taverne, schlich
Damon, den Zettel im Schnabel,
Dazu eine schmutzige Gabel.
„Was wolltest Du mit dem Messer? Sprich!"
„Ein Reinigungsmittel verkaufe ich,
Das löst selbst verkrustete Speisen!
Der Löffel hier soll Dir's beweisen!"

„Ich bin", spricht jener, „mal wirklich gespannt
Und lasse mich gern überraschen.
Die Teller da muß ich noch waschen."
„So nimm dies verzauberte Fläschchen zur Hand.
Das fanden noch alle sehr interessant,
Wenn sie es zur Probe bekamen.
Ich bürg' dafür mit meinem Namen!"

So krempelt der Grieche die Ärmel 'rauf
Und liefert sich aus den Tensiden.
Der andere lächelt zufrieden:
Er weiß um die Wirkung und nimmt sie in Kauf.
Dem Spülenden löst es die Hornhaut schier auf;
Ihn rührt nun ein menschliches Fühlen:
„Es pflegt meine Hände beim Spülen!"

Da lächelt der Händler mit arger List
Und spricht, den Finger erhoben:
„Drei Wochen darfst Du's erproben!
Doch wisse, wenn sie verstrichen, die Frist,
Und Du nicht völlig zufrieden bist,
Womöglich vom Juckreiz ermattet,
So wird Dir der Kaufpreis erstattet!"

Nach Wochen, als man sich zusammensetzt,
Berichtet der Wirt von der Lauge:
„Mir brannte beim Abwasch das Auge.
Die Edelstahlspüle ist völlig verätzt,
Doch glänzen die ältesten Biergläser jetzt.
Die Bitte gewähr' mir: ich sei
Nun Kunde in Deiner Kartei!"

Narrhallawasch!

Axel Löber

GARTENZWERGS NACHTLIED

Unter allen Zipfelmützen
Ist Ruh,
Um alle Sprinklerpfützen
Spürest du
Kaum einen Hauch.
Der Gärtner liegt erschlagen im Grase.
Ganz blau seine Nase
Und sonstiges auch.

Michael Kühne

DAS SCHWEINEDÖSLEIN

Sah ein Schwab' ein Döslein steh'n,
War ein kleines Schweinchen,
Hatte Öhrchen, spitz und schön,
Äuglein, blank und niegeseh'n,
Und vier kurze Beinchen.
Döslein, Döslein rosarot,
Rosa wie ein Schweinchen.

Schwabe zog das Schwein am Ohr,
Rosa Münzenschweinchen,
Weil beim Kartenspiel zuvor
Schwabe all' sein Geld verlor;
Brauchte dringend Scheinchen.
Döslein, Döslein rosarot,
Rosa wie ein Schweinchen.

Schwabe sprach: „Ich schlage dich,
Rosa Münzenschweinchen!"
Schweinchen sprach: „Ich frage dich,
Bist du pleite oder ich?
Hau' dir selbst vor's Beinchen!"
Döslein, Döslein rosarot,
Rosa wie ein Schweinchen.

Schwabe stellt das Schwein zurück.
Schweinedöslein freut sich,
Seufzt und denkt sich: So ein Glück.
Der bricht mir noch das Genick!
Aber man entzweit sich:
Döslein blieb so, wie es war –
Schwabe wurde geizig!

Michael Kühne

SCHLUSSVERKAUF

Der Kunde im Kontor

Oh schaurig ist's, in die Stadt zu geh'n,
Wenn es wimmelt von ander'n Leuten,
Die grabbelnd und prüfend am Wühltisch steh'n
Und billigen Plunder erbeuten:
Pullover und Jacken in schwarz und weiß,
Und häßliche Socken zum halben Preis –
Oh schaurig ist's, dieses Spiel zu seh'n,
Jedes Jahr zu den nämlichen Zeiten.

Da greift man zu und da packt man ein,
Da wird man gedrängt und geschoben;
Jeder möchte natürlich der Schnellste sein –
Der Kauf wird zum Volkssport erhoben.
Die meisten kümmert nicht Muster noch Schnitt,
Denn was reduziert ist, das nimmt man halt mit!
Und dieses Verhalten erklärt schon allein
Vieler Menschen Privatgarderoben...

Es dämmert der Abend, der Mond steigt herauf;
Am Tresen erschallt's wie am Spieltisch:
„Rien ne va plus!" – und die Masse gibt auf;
Der letzte Kunde empfiehlt sich.
Mit dem Ladenschluß endet die schreckliche Qual
Und aufatmend seufzt das Verkaufspersonal:
„Oh fürchterlich war es im Schlußverkauf,
Oh schaurig war es am Wühltisch!"

Axel Löber

HAUSMEISTERS GEDANKEN[*]

Natürlich, so habe Schubert gesagt, sei sein Beruf nicht gerade der anspruchsvollste, besonders im Hinblick auf seine Arbeitsstätte, nichtsdestoweniger sei er wichtig, denn ohne ihn, Schubert, könnten die Herren Professoren nicht einmal das Licht im Hörsaal ein- und ausschalten, und auch das Mikrophon nicht *etcetera. Gar nichts ginge.* Überhaupt könne man von den Leuten hier in der Universität nicht erwarten, dass sie sich in ihrer ganzen Schrulligkeit und Kauzigkeit auch noch um die profanen Dinge des Lebens kümmerten, dazu seien sie gar nicht in der Lage. Das liege, so Schubert, in ihrer übermäßigen Beschäftigung mit Büchern begründet. Da bleibe für das richtige Leben nicht mehr genügend Zeit. Und sowieso fehle der Kontakt zu normalen Leuten, so wie er einer sei. Sich immer nur mit Kollegen unterhalten, das könne auf die Dauer nicht gut sein, er mache das ja auch nicht. Er gehe zum Beispiel einmal in der Woche, donnerstags, zum Kegeln. Das sei eine sehr gute Freizeitbeschäftigung, das Kegeln am Donnerstag. Indem er einen Kopierer umständlich mit Papier befüllt habe, sei er von Professor Klein angesprochen worden, ob er, Schubert, nicht zufällig wisse, wo man *schnellstmöglich* einen Diaprojektor herbekomme. Nein, wisse er nicht. Ob er denn jemanden kenne, den man diesbezüglich fragen könne? Schubert: Die Frau Geist vom Sekretariat in der Mediävistik. Klein: Ob die jetzt wohl da sei? Schubert habe geantwortet, dass er das nicht wisse und Klein sei irritiert und mit zerknautschtem Gesicht *nolens volens* abgezogen. Dann sei die hinkende Putzfrau I*** herbeigehumpelt, habe ihr gelbes Plastikklappschild aufgestellt (allerdings habe sich, wie immer, niemand um das gelbe Plastikklappschild geschert) und sei gerade im Begriff gewesen, mit ihrer Sisyphos-Putzarbeit zu beginnen, als sie Schubert bemerkt habe. Gleich habe sich ihre düstere Miene aufgehellt, dann sei sie auf

---

[*] *Anmerkung des Autors:* Um jeglichen Plagiatsvorwürfen vorzubeugen, sei hier festgehalten, dass diese Geschichte als Versuch einer Hommage an Andreas Maiers Roman »Wäldchestag« entstand.

ihn zugehumpelt und habe ein mit schrillem Lachen durchwobenes Gespräch begonnen, das, obwohl im Grunde belanglos, doch recht unterhaltsam gewesen sei. Hahaha, ob er denn schon gehört habe, der Professor X sei heute Morgen mit einem Veilchen zur Vorlesung erschienen. Nach eigener Aussage sei dies durch einen aus dem obersten Wohnzimmerregal gefallenen Grass verursacht worden, den er unbeabsichtigt angestoßen habe. Sie, die hinkende Putzfrau, glaube allerdings kein einziges Wort, haha, der Grass schreibe doch immer nur so furchtbar dicke Schinken, die, wenn sie einem auf den Kopf fallen würden, *mindestens* für eine Gehirnerschütterung gut seien, wenn nicht noch mehr, aber ganz bestimmt nicht ein bloß so kleines Veilchen verursachen könnten. Überhaupt: Wie solle man sich das eigentlich vorstellen ... Nein, nein: Sie nehme vielmehr an, dass sich der Professor mit seiner Frau gestritten habe, was übrigens auch die Meinung ihrer Kollegin Gudrun Kartoffelkopf sei, deren Schwager zweiten Grades in der gleichen Straße wie der Professor in Heuchelheim wohne, und der meine, die Frau X sei eine dickliche Matrone und ginge ziemlich ungehobelt mit ihrem Mann um. Der habe zuhause nichts, *aber auch gar nichts* zu melden. Schubert: Das glaube er nicht. Die hinkende Putzfrau: Dochdoch, das habe der Heuchelheimer Schwager zweiten Grades gerade neulich erst erzählt, das sei wirklich so. Schubert: Aha. Dann sei die hinkende Putzfrau von dannen gehumpelt und habe, viel zu langsam natürlich (aber schneller könne sie *beim besten Willen nicht*) mit ihrer Sisyphos-Putzarbeit begonnen. Seltsam, habe Schubert gedacht, ein seltsames Bild. Eine hinkende Putzfrau. Das habe so etwas Tragisch-Komisches an sich. Er könne sich das eigentlich auch gar nicht erklären, warum das so etwas Tragisch-Komisches an sich haben solle, aber er empfinde es halt so. Gegen Mittag habe er starken Hunger bekommen und sei deswegen in die Mensa gegangen, obwohl noch dies und das zu erledigen gewesen sei. In der Mensa habe er ein ordentliches Zwiebelschnitzel gegessen und dazu ein mitgebrachtes ordentliches Flensburger Bier getrunken. Dort habe er auch auf einmal den Professor Klein recht hilflos in der Ecke stehen sehen. Er, Klein, habe so ausgesehen, als ob er nach jemandem Ausschau halte. Überhaupt sei das typisch für Junggesellen wie den Professor: die stünden immer nur so herum und hielten Ausschau nach jemandem. Aber kommen tue niemand. Deswegen seien und blieben sie ja Junggesellen. Wie kann denn ein erwachsener Mann einen so hilflosen Eindruck machen, habe sich Schubert gefragt und beobachtet, wie der Professor Klein mit einem riesigen weißen Stofftaschentuch kreuz und quer auf seinem Hemd herumgerieben habe, auf das ihm beim Essen wohl Bratensauce getropft sei. Ein riesiger brauner Fleck sei das gewesen, und er habe mit seinem Herumgereibe das Ganze *nur noch schlimmer* gemacht. Dann habe plötzlich neben ihm, dem Professor, eine junge Frau gestanden und lächelnd auf ihn eingeredet. Sie habe ihm das riesige weiße Stofftaschentuch aus der Hand gerissen und sich an einen freien Tisch gesetzt. Der Professor habe ihr gegenüber Platz genommen und sei sehr redselig geworden. Es habe so ausgesehen, als sei er in sie verliebt, so sehr habe er mit ihr geflirtet. Ihr habe das wohl gefallen, denn dauernd habe sie ihr langes Haar nach hinten geworfen – *ein eindeutiges Zeichen* ... Frauen, die flirten, werfen immer ihr Haar nach hinten. Er, Schubert, habe das in einer Psychologievorlesung gehört. Er setze sich nämlich manchmal, wenn ein wenig Zeit bleibe, in die eine oder andere Vorlesung und höre zu, was da den Studenten so erzählt werde. Es interessiere ihn nämlich, warum sich so viele junge Leute, anstatt etwas Anständiges zu arbeiten, den ganzen Tag hier in die Gießener Universität setzen, die im Grunde nichts weiter als eine *Fortsetzung der Schule mit anderen Mitteln* sei. Aber ab und an finde auch er, das gebe er freimütig zu, Gefallen an dem, was da vorn referiert werde. Manchmal allerdings, wenn man Pech habe, lese der Professor auch alles ab, dann verlasse er den Hörsaal sofort wieder; da höre seine Geduld dann auf. Nicht so an dem Nachmittag im Januar, als er in der hintersten Reihe von Hörsaal 2 dem Vortrag von Professor Gabel zugehört habe, der von *Einstellungsänderung* und von *Persönlichkeitsdimensionen* gesprochen habe und dann, wie das anscheinend seine Art sei, auf ein ganz anderes Thema abgeglitten sei. In diesem Fall eben aufs Flirten. Wie und warum der Professor abgeglitten sei, das wisse er, Schubert, jetzt nach so vielen Wochen freilich nicht mehr, aber er habe sich damals gesagt: Pass auf, das könntest du irgendwann noch mal brauchen. Wozu er das irgendwann noch mal brauchen könne, das wisse er ebenfalls nicht, schließlich sei er verheiratet, aber man solle ja niemals nie sagen! Bei dieser Bemerkung habe er im Übrigen sehr zweideutig gezwinkert, auch wenn man das hinter seiner dickglasigen Hornbrille nicht gleich habe erkennen können. Dann habe er sich von seinem Mahl erhoben, das Tablett auf das Rückgabeband gestellt und sei zurück in sein Büro gegangen, von wo aus er seinen Zahnarzt angerufen und einen Termin zur Kontrolle vereinbart habe. Das sei dann auch schon fast alles für diesen Tag gewesen (nur ein paar Formulare hätten noch ausgefüllt werden müssen *etcetera*) und er habe sich schließlich und endlich auf den Nachhauseweg begeben. Morgen sei ja noch genug Zeit die unerledigte Arbeit zu erledigen habe er, so erzählte man mir, gesagt und sei, die noch ungelesene Bildzeitung unter dem Arm, zur nächstgelegenen Haltestelle gegangen und in einen mit schreienden Grundschulkindern völlig überfüllten Bus der Gießener Stadtwerke gestiegen.

DRITTES KAPITEL

VON KÜNSTLERN
UND ANDEREN PROBLEMFÄLLEN

Aber so sind die Leute. Sie wollen das Talent, welches doch an und für sich eine Sonderbarkeit ist. Aber die Sonderbarkeiten, die sonst noch damit verbunden – und vielleicht notwendig damit verbunden – sind, die wollen sie durchaus nicht und verweigern ihnen jedes Verständnis.

Felix Schimmelpreester in Thomas Manns
»Bekenntnisse des Hochstaplers Felix Krull«

Es gibt einige gängige Klischees über Künstler, die auch Ihnen sicherlich bekannt sein dürften: Künstler sind notorische Müßiggänger, meiden konsequent jede körperliche Arbeit, beschäftigen sich ausschließlich mit unverständlichem und unsinnigem Zeug, haben Probleme mit Rauschmitteln aller Art, dafür aber keinen dauerhaften Erfolg bei Frauen und sind insgesamt ein Klotz am Bein der ohnehin schon recht bewegungsbehinderten Gesellschaft – n'est-ce pas? Nun, da wir uns selbst natürlich auch als Künstler verstehen (was nicht zuletzt obiger angeberisch-frankophiler Einwurf beweisen mag, wie und warum auch immer), müssen wir an dieser Stelle noch mal deutlich sagen: Dies alles sind wirklich nur Klischees, welche im übrigen nicht spezifisch für die Kaste der Künstler sind, sondern sich auch problemlos auf Studenten sämtlicher Geisteswissenschaften anwenden lassen – so nah liegen die Dinge oft beieinander.

Auf den folgenden Seiten werden Ihnen einige dieser Vorurteile gegenüber Künstlern wiederbegegnen, gekleidet in Gedichte über Menschen wie wir und ich. Nehmen Sie diese also am besten hin als teils überzeichnete, teils selbstironische Feststellungen über eine Gruppe von Menschen, ohne die diese Welt wahrscheinlich ein klein wenig langweiliger ausschauen würde...

Axel Löber

RECHTFERTIGUNG EINES DICHTERS

Nach schnellem Blitzschlagtod ein greiser Dichter
Verlässt den Körper Richtung Himmelspforte
Und findet sich vor Gott, dem höchsten Richter.
Der mustert ihn und donnert harsche Worte:
„Da bist du nun, du hagrer Freudverzichter!
Erkläre dich und sprich an diesem Orte:
Warum denn nur verschenktest du dein Leben?
Es war so kostbar ...zwei sind Menschen nicht gegeben!"

„Verschenkt? Regale füllt, was ich einst schrieb!"
Gekränkt der Dichter tritt nach vorn und sagt:
„Das Denken, Dichten ist's, was mich stets trieb.
Drum hab' ich mich bei Tag und Nacht geplagt,
Sodass für andre Dinge Zeit nie blieb;
In Künstlerhöh'n mein Geist sich hat gewagt!
Geschenkt war mir Talent und Intellekt –
So hab' ich alle Kraft ins Werk gesteckt."

Erbost der Herr darauf erwidert laut:
„Was fällt dir ein, du neunmalkluger Wicht!
Ganz ohne Freude bist du arm ergraut –
Zum leidend Siechen schuf die Welt ich nicht!
Denn hättest meine Schöpfung du geschaut,
Das Land, das Meer, in herrlich weichem Licht,
Musik und Tanz und Wein und auch die Liebe,
Ein paradiesisch Bild von ihr dir bliebe!

Stattdessen hast entsagt du dieser Welt
Und damit meinen Zorn heraufbeschworen:
Das L e b e n, welches du dir stets vergällt,
Ist einzig das, was gänzlich unvergoren
Der arme Mensch in seinen Händen hält. – – –
Aus Gnade wirst noch einmal du geboren:
Als Dionysos sinnenfroh auf Erden
Sollst einst ihr größter Ehrerbieter werden!"

Michael Kühne

VOM GROSSEN GLÜCK,
POET ZU SEIN

Oh Mensch, der du ein Dichter bist,
Du hast es gut im Leben.
Denn das, was mancher wohl vermißt,
Ist dir allein gegeben:
Du formulierst so elegant
(Denn das ist deine Stärke),
Und alle Leser sind gebannt
Vom Zauber deiner Werke.
Du weißt mit Sätzen umzugeh'n,
Du kannst mit Sprache spielen,
Und ordnest sie im Wortumdreh'n
Zu Jamben und Daktylen,
Bist deines Glückes Verseschmied
Und hast auch sonst gut lachen:
Du kannst – was immer auch geschieht –
Dir einen Reim drauf machen!

Oh Mensch, der du ein Dichter bist,
Wie bist du zu beneiden.
Doch was dein größter Vorteil ist,
Das zeigt sich erst im Leiden:
Denn findest du dein Glück zwar nie
Durch weltliche Genüsse,
So bleibt dir doch die Poesie
Und deiner Muse Küsse.
Und wird das Leben dir zur Last,
Kannst du mit deinem Scheitern
– Wenn du es erst in Verse faßt –
Die Nachwelt noch erheitern.

Oh Mensch, der du ein Dichter bist,
Dem alle gerne lauschen:
Ich bin doch zu sehr Realist –
Ich will mit dir nicht tauschen!
Die Dichter sind schon irgendwie
Vom Schicksal schwer geschlagen;
Genaugenommen leben sie
Davon, daß sie versagen!

Mir reicht es, daß ich schreiben kann;
Ich will mich nicht beschweren.
Na gut, ich reime dann und wann...
...Vielleicht ist doch 'was Wahres dran?
Das würde viel erklären...

Michael Kühne

VORSICHT VOR DEM KÜNSTLER

Eine Warnung in eigener Sache

Wir sind alle Künstler zwar
– Lebenskünstler eben –,
Doch ich muß hier klipp und klar
Zu bedenken geben:
Wer von sich als ›Künstler‹ spricht,
Ist oft etwas eigen.
Darum möchte ich auch nicht
Diesen Rat verschweigen:

Halte dich von Künstlern fern;
Zu ihren Marotten
Zählt es, daß sie and're gern
In der Kunst verspotten.
Künstlern gibt man nicht die Hand,
Weil sie dann nur lachen,
Und dich gleich zum Gegenstand
Ihrer Arbeit machen.

Hüte dich vor Künstlern dann,
Weil sie dies erfanden:
„Wahre Kunst eckt immer an
Und wird nie verstanden."
Künstler sind schon sonderbar;
Sie mißtrauen allen,
Denen ihre Werke gar
Unumschränkt gefallen.

Laß dich nicht mit Künstlern ein,
Denn, wie ich bemerke,
Künstler lieben sich allein,
Sich und ihre Werke.
Künstler brauchen Einsamkeit,
Bis sie schier vergehen,
Denn aus ihrem Seelenleid
Schöpfen sie Ideen.

Lassen Künstler dich in Ruh',
Dann sei guten Mutes.
Künstler aber, ich geb's zu,
Haben auch ihr Gutes:
Künstler sterben nämlich früh,
Werden jung begraben.

Nun, Madame, was denken Sie?
Ich bin noch zu haben...

Axel Löber

KÜNSTLER KULINARISCH

In Leipzig Thomaskantor B a c h
Lag einst durch schlechtes Hackfleisch flach.
Zur Heilung reicht' man Allerlei
Und gab noch reichlich Messwein bei...

Der Stadionbauer Günter B e h n i s c h
In München rief: „Das Dach da dehn' isch!
Ich mach's mit Gummi, den ich kaute
Und mir dabei sGbiss versaute!"

Der Filmemacher C o p p o l a
In Pausen stets am Kochen war.
Versorgte so das ganze Team;
Mal Geld gespart! (Sonst rar bei ihm...)

Am Alexanderplatz D ö b l i n
Trank fünf, sechs Weiße auf Berlin.
Weil Alkohol die Sinne wirrt,
Hatt' er sich im Spital verirrt...

Die Herren D ü r r e n m a t t und F r i s c h
Verspeisten Fisch am Mittagstisch.
Doch da man schmauste in der Schweiz
War's Lachsersatz – und zwar aus Geiz!

Der populäre Robert G e r n h a r d t
Trank oft (was er auch ziemlich gern tat)
Und schrieb dabei im Kneipenrauch.
Sehr lustig wurd's. (Die Lyrik auch.)

Ein Profikleckser hieß v a n G o g h ,
Der fand in Holland keinen Koch.
Drum zog er um ins Frankenreich;
Doch schmeckt's ihm nicht. So starb er gleich.

An Spaniens Hof der Maler G o y a
Vertrug kein Fleisch und aß nur Soja.
So fehlte ihm genügend Stärke
Zu schaffen auch mal frohe Werke.

Nobelpreisträger Günter G r a s s
In Schweden wurde schreckensblass:
Zum Festbankett statt Butt gab's Rind –
(Wenn das mal noble Sitten sind...)

Ein Musikus in Wien hieß H a y d n ,
Der fraß und soff höchst unbescheiden.
So schrieb er seine Sinfonien
Stets dunkelblau und meist auf Knien.

Allein im Turm saß H ö l d e r l i n
Und großer Hunger plagte ihn.
Er schrieb darum ein Huhn-Gedicht –
Nur essen konnt' er's leider nicht...

Der ernste Marmorklippler J ü n g e r
Begehrte Krieg und Käferdünger.
Fürs Essen blieb da wenig Zeit –
Drum lebte er 'ne Ewigkeit!

Beim »Kohlhaas«-Dichten Herr von K l e i s t
Hatt' Ungarnwurst vom Ross verspeist.
Der Gaul zuvor starb im Hospiz
Und übt' durch Fäule Selbstjustiz...

Für Mode von Karl L a g e r f e l d
Braucht Kunde Mut und sehr viel Geld.
Um in die Kleider reinzupassen,
Muss Frau das Essen ganz sein lassen.

Der Medienkünstler M ö l l e m a n n
Fing jeden Tag mit Müsli an.
Sein Fallschirmsprung ging ziemlich schief –
(Mit zu viel Ballast fällt sich's tief...)

Der alte Brite Henry M o o r e
Trank gern ein Gläschen Whiskey pur.
In diesem Zustand wurd's zur Norm:
Die Werke kriegten weiche Form...

In Schwaben Stückeschreiber S c h i l l e r ,
War weitbekannt als Spätzlekiller.
Dass er trotz Fresssucht fleißig schrieb,
War Frankfurts Johann gar nicht lieb...

Michael Kühne

DER SENSIBLE KÜNSTLER

Großer Künstler im Café
Wiegt sein Haupt, wiegt sein Haupt,
Leidet an der Welten Weh –
Na, wer's glaubt...

Großer Künstler lebt der Kunst
Jeden Tag, jeden Tag;
Ihn ernährt der Musen Gunst –
Na, wer's mag...

Großer Künstler fühlt so sehr
Mit der Welt, mit der Welt,
Trägt an dieser Bürde schwer –
Wem's gefällt...

Großer Künstler sitzt im Park,
Ganz verweint, ganz verweint;
Unrecht trifft auch ihn ins Mark –
Wenn er meint...

Großer Künstler schleicht davon
Voller Schmerz, voller Schmerz,
Saß zu lange in der Sonn' –
Das erklärt's.
　　　　Das kommt davon!

Axel Löber

WEIMARER KLASSIK

Ein Alternativszenario

Schillers Fritz schreibt feine Dramen:
Wilhelm Tell und Wallenstein;
Jungfraun, Räuber, Königsdamen
Bringen volles Haus ihm ein.

Kumpel Goethe neidvoll grämt sich!
Schwingt die Faust und rennt zur Buff;
Meistert's nicht (sonach er schämt sich) –
Wandert aus und wählt den Suff...

Michael Kühne

GOETHE SASS AM LAGERFEUER

Goethe saß am Lagerfeuer.
Da trat einer zu ihm hin,
Und der sprach: „Hallo, Herr Meyer,[*]
Ratet doch mal, wer ich bin!

Bin ich a) der Friedrich Schiller
Oder b) die Zauberfee,
Bin ich c-tens Walter Giller
Oder d) der Nachtportier?"

Seine Nase glomm vor Röte.
Goethe sah's und rief: „Hör zu!
Also erstens: ich bin Goethe,
Und der Meyer, der bist du!

Zweitens: hör' mal auf zu schreien,
Wenigstens für den Moment,
Denn man brüllt nicht nachts im Freien,
Wenn im Zelt der Schiller pennt.

Drittens bist du sturzbesoffen,
Was mich wirklich irritiert,
Und ich möchte dringend hoffen,
Daß das nicht nochmal passiert!

Alkohol zerstört die Leber!"
Meyer grunzte. „He, du Clown,
Ich laß mir doch von 'nem Streber
Nicht die Klassenfahrt versau'n!"

„Und was lehrt uns die Geschichte?"
Fragt man, und der Autor spricht:
„Goethe war doch meistens Dichter,
Meyer war nur meistens dicht.
(Vice versa leider nicht.)"

---

[*] Heinrich Meyer, 1760 - 1832, genannt Goethe-Meyer, Freund Goethes.

Michael Kühne

DAS FEUER
DER DEUTSCHEN ROMANTIK
(leicht verfrüht)

Goethe saß am Lagerfeuer
Und mit Blick auf Heidelberg.
Drüben stand das Schloßgemäuer,
Hier im Neckar stand ein Reiher –
Da rief Goethe: „Frisch an's Werk!"

Und beim Anblick jener Gassen
Schrieb er also dies Gedicht:
„Heidelberg, ich muß dir lassen:
Hier von deinen Weinterrassen
Hat man eine gute Sicht.

Dazu noch ein Glas Silvaner,
Oder was man hier so hat,
Und schon lockt man die Japaner,
Briten und Amerikaner
Scharenweise in die Stadt."

Goethe reimte ähnlich weiter;
Aber während er so schrieb,
Nahte still ein Waldarbeiter
(Er war Forstabteilungsleiter),
Der nicht lange lautlos blieb:

„Machen Sie hier etwa Feua?
Ja, ick jloob, mir tritt en Pferd!
Also Meester, det wird teua.
Sowat kost' Vajnüjungssteua!
Wa, det is doch unerhört.

Einfach hier en Feua machen.
Mach'n Se det ma schleunichst aus!"
Goethe – jäh wie beim Erwachen –
Schrak empor, nahm seine Sachen
Und zog diesen Schluß daraus:

Sind die Leute vom gesamten
Stadtbild auch schier angesteckt –
Die romantisch ganz Entflammten
Kühlen ab bei Forstbeamten
Mit Berliner Dialekt.

Axel Löber

GRETCHENFRAGE

Goethe saß am Lagerfeuer,
Neben ihm ein Ungeheuer.
Beide sichtbar sturzbesoffen
Kippten Schnaps in rauen Mengen.
(Wollten ihren Schmerz verdrängen
Und auf bessre Tage hoffen.)

Goethe lallte: „Hör' mal Drache,
Dort im Hause unterm Dache
Wohnt 'ne äußerst fesche Dame.
Ledisch isse – Was für'n Fescher! –,
Rischtisch was für Frauenlescher...
Gretl ist der werte Name.

Komm' mein Bruder, lass' uns fleuchen
Und in Gretchens Bettlein kreuchen,
Auf 'nen schönen dicken Kuss!"
Sprachs und kurvte reichlich schwankend
(Nebenbei noch Fusel tankend)
Richtung Fleisches-Hochgenuss.

Mitten in des Gretchens Garten
Konnt's der Meister nicht erwarten
Und begann herumzuschreien:
„Grete! Liebste! Tu nicht zicken,
Lass' uns heftigst kopulieren,
Statt allein im Bett zu frieren!"

Während Goethe dies verzapft',
Kam der Drache angestapft
Und sang wüste Seemannslieder.
Gretchen ward es Angst und Bang,
Fing gleich laut zu weinen an:
„Ach! Die schlimmen Beiden wieder!"

„Schönes Fräulein, darf ich wagen,
Meinen Freund ihr anzutragen?",
Frug das blaue Ungetier.
„Bin nicht Fräulein, bin nicht schön,
Mag auch euren Freund nicht sehn",
Sagte Gretchen ohne Zier.

„Dummes Weib, dann fang halt Feuer",
Sprach darauf das Ungeheuer;
Steckte flink das Haus in Brand.
Grete wurde stark geröstet –
Goethe wieder mal vertröstet...
(Doch 'nen neuen Stoff er fand!)

Michael Kühne

MILITÄRISCHE POESIE

Goethe saß am Lagerfeuer
Und erdachte ein Gedicht,
Aber es gelang ihm nicht.
Da erschien auch sein Betreuer:

„Na, was macht denn unser Neuer?
Göthe, Achtung! Kurzbericht!"
„Chef, jawohl, ich finde schlicht
Keinen Reim auf 'Lagerfeuer'!

Ich geb's auf." – „Was? Desertieren?
Bei den Lyrikpionieren
Gibt's das nicht, Sie Reimkadett.

Erst mal zwanzig Verben beugen!"
Goethe schrieb danach sehr eigen,
Doch man bat ihn ja so nett...

Michael Kühne

GOETHE SASS BEIM LOGOPÄDEN

Goethe saß beim Logopäden
Zwecks Behebung jener Schäden,
Welche seine Dichtung nahm,
Als er schrieb, wie er aus Schweden
Endlich doch nach Hause kam.

„Na mein Herr, wie geht's uns heute?"
Frug der Arzt, was Goethe freute,
Weil er immer gerne sprach;
Und der solcherart Betreute
Dachte auch nicht lange nach:

„Als ich gestern heimwärts gehte,
Und dort plötzlich etwas sehte –
Sitzte etwas im Gebüsch.
Keine Ahnung, was geschehte.
Halt! – Doch, ich erinner' müsch.

Na, was willte ich dann sagen?
Ach, so geht das schon seit Tagen.
Ich hätt's Ihnen gern erzählt,
Doch ich wollte Sie ja fragen,
Ob Sie wissen, was mir fehlt?"

„Nun, ein Reimwort ist zertrümmert,
Aber sei'n Sie unbekümmert –
Sowas heilt von ganz allein.
Was den Fall jedoch verschlimmert
– Und ich will ganz offen sein –:

Ihre Zeitenfolge wandelt,
Was Ihr Prosawerk verschandelt;
Sowas bleibt oft unentdeckt,
Und wird dann, wenn man nicht handelt,
Ein Präteritumsdefekt.

Doch wir woll'n Sie nicht gefährden;
Ihnen kann geholfen werden:
Essen Sie mehr Russisch Brot,
Buchstab'nsuppe bei Beschwerden,
Stilles Wasser nur zur Not,

Geh'n Sie nicht so oft zum Tresen,
Und Sie werden bald genesen."
Goethe tat, wie man ihm riet;
Mit Erfolg, wie man beim Lesen
Seiner Werke heut' noch sieht.

VIERTES KAPITEL

IN GUTEN WIE IN SCHLECHTEN TAGEN

Heteros suchen im anderen Geschlecht
die Ergänzung ihrer eigenen Fehler zur
Gesamtsumme der kompletten Unvoll-
kommenheit, heiraten gezielt einen Idio-
ten, den sie noch mehr verachten als sich
selbst, um alltäglich den kleinkarierten
Übermenschen raushängen zu lassen. [...]
Wer nun aber glaubt, der Homo hat es
besser, sieht sich getäuscht. Auch die Kollegen von der kontroversen Triebfixierung
trachten danach, ihr Lebensglück in der
kleinsten kriminellen Vereinigung, der
Zweierkiste, zu finden. Auch dort ist man
von der Utopie, daß Menschen in friedli-
chen Skatrunden zusammenleben, weit
entfernt.

Dietmar Wischmeyer,
»Abartige, die in der Mehrheit sind. Heteros.«

Neben der Beschäftigung mit sich selbst gibt es für die
schreibende Zunft wohl kaum ein interessanteres Thema
als das jeweils andere Geschlecht beziehungsweise die
Schwierigkeit, mit diesem zu interagieren. Die Autoren
bilden da freilich keine Ausnahme. Auch im mit Sicherheit wichtigsten Buch unseres Kulturkreises, der Bibel,
nimmt dieses Sujet eine zentrale Rolle ein und bereits im
ersten Kapitel läßt sich beobachten, daß die Verwicklun-
gen im Verhältnis Mann-Frau weitreichende Folgen zu zeitigen in der Lage sind: Noch heute könnten wir uns alle
glücklich und zufrieden im Garten Eden verlustieren,
wenn Adam seinerzeit nicht auf Eva gehört und sich –
statt in den erkenntnisschwangeren Apfel zu beißen
(„Obst ist gesund!") – lieber mit guten Freunden zu einem
lustigen Bowlingabend getroffen hätte.
So kann's geh'n.
Die normative Kraft des Faktischen bringt mit sich, daß
wir uns nun alle irgendwie arrangieren müssen. Leider ge-

lingt dies nicht jedermann (bzw. -frau) gleich gut, was das Leben einerseits spannender, andererseits enervierender macht und als Nebenprodukt einen schier unüberschaubaren Haufen Literatur zum Thema verursacht hat.

Dieser soll nun hiermit ein wenig vergrößert werden und wir bitten darum all jene um Verständnis, die der ganzen Chose mittlerweile überdrüssig sind – sei es aus mangelnder respektive überbordender Zuwendung von Seiten des komplementären Geschlechtes, oder sei es aus langfristiger Verpaarung in Form von ›Ehe‹. Besonders letztere bitten wir sich nun zurückzuerinnern an die magische Formel *In guten wie in schlechten Tagen*, die nicht ganz zufällig das Haupt dieses Kapitels ziert...

Michael Kühne

EIN CAFÉHAUSGESPRÄCH

„Was würdest du jetzt lieber tun
Als hier Kaffee zu trinken?"
So fragte sie. Ich meinte: „Nun,
Ich ging in frisch geputzten Schuh'n
Noch kurz den Kindern winken,

Und führte meine Frau dann aus –
Zum Beispiel ins Theater."
Ich dachte an ein eig'nes Haus
Und malte mir mein Leben aus
Als Ehemann und Vater.

„Du glaubst, daß dich das glücklich macht?"
Rief sie, nicht: „Ich versteh' dich."
Dann hat sie zweideutig gelacht,
Und ich hab' meinen Fall bedacht:
Ganz kinderlos und ledig.

Ich sah mich um, sah ihr Gesicht,
Sah um uns her die Leute,
Und ich verstand, und ich sah Licht,
Denn glücklich werden muß ich nicht –
Ich bin's ja hier und heute!

Michael Kühne

MATHEMATISCHE ROMANZE

Ein Mensch mit Namen Konstantin
Liebt eine Frau, und sie liebt ihn.
Doch er ist schwärmerisch und lyrisch
Und sie betrachtet ihn empirisch.
Und eines Tages spricht er listig:
„In deinem Leben bin Statist ich!
Das ist nicht länger diskutabel –
Ich wäre lieber variabel..."

So trennt man sich. Für die Verwandten
Ein Bruch mit vielen Unbekannten.

Axel Löber

A SINGLE LIFE

Ah, happiness courts the light, so we
deem the world is gay; but misery hides
aloof, so we deem that misery there is
none.

Herman Melville, Bartleby the Scrivener

1. – Alltag

Er hat sich eingerichtet, drei Zimmer Küche Bad, dritte
Etage mit Ausblick auf die pulsierenden Lebensadern der
Stadt, ein älteres Ehepaar nebenan, gutbürgerlich gemüt-
lich, alles hat seinen Platz, die Einrichtung nicht mehr neu
und daher bereits ein wenig verschlissen, zahlreiche arg
zerlesene Bücher gibt es und einen Fernseher und auch
einen Computer, selten erhält er Post und dann auch nur
Reklame. Er lebt allein.

Er fährt jeden Morgen mit der U-Bahn zur Arbeit obwohl er öffentliche Verkehrsmittel eigentlich nicht mag,
in grauem Anzug und schwarzem Mantel, die Akten-
tasche in der Rechten, einer unter vielen, vielleicht findet
hier die Begegnung statt mit Ihr, so hofft er, wer weiß, die
Chancen sind gering, aber in seiner Situation bleibt nichts
anderes übrig, so meint er, doch sie ist ausgeblieben, bisher.

Er arbeitet in einer Bank, gläserner Wolkenkratzer in
der Stadtmitte, neunundzwanzigstes Stockwerk, Groß-
raumbüro, der Schreibtisch inmitten dutzender anderer,
persönliche Dinge darauf: eine geschmacklos bunte Kaf-
feetasse (Geschenk der Eltern) und ein kleiner Kaktus (Geschenk der Nachbarn zum Einzug) und die Fotografie des
Svayambhunath-Tempels in Katmandu (selbst erstanden,
allerdings nicht vor Ort, da noch nie dort gewesen), ansonsten: Großraumbüroeinheitsausstattung.

Er mag seine Arbeit nicht, erfüllt sie dennoch, mit Gleichmut zwar, sie vermag ihm nichts zu geben, aber immer zuverlässig, wie und als ein Rädchen im System, von acht bis sechzehn Uhr, Montag bis Freitag, denn sie ist in all ihrer anspruchslosen Monotonie willkommene Ablenkung, gibt ihm das Gefühl nützlich zu sein und vor allem: nicht alleine.

Jedoch: Hier wartet die Hölle auf ihn, schulterlange dunkelbraune Haare, zarte Haut von makelloser Schönheit und Augen tief wie ein Ozean, ihr Name ihm unbekannt, schwebt gelegentlich durch das Büro und streift dabei seinen Schreibtisch, er blickt sie an und verliert sich in ihr und zerbricht zugleich in seinem tiefsten Innern, vergeht, zerschmilzt, erstirbt. Sie beachtet ihn nicht.

Er hat sich für zwischendurch etwas zu essen mitgebracht, eine Banane und ein Käsebrot und eine Thermoskanne mit schwarzem, leicht gezuckertem Tee, die Pause verbringt er an seinem Schreibtisch, mit niemandem sprechend, wie immer, einen Blick in die Tageszeitung werfend, er interessiert sich für das Geschehen in der Welt, sitzt schweigend auf seinem Drehstuhl und verzehrt sein fades Mahl.

Er blickt wiederholt auf seine Armbanduhr, will endlich nach Hause, zwei Stunden noch, viel zu lange, hält es nicht aus, erträgt es nicht länger, das Neonlicht und den Bürogeruch und überhaupt seine ganze Existenz, er erträgt es nicht und geht zur Toilette, doch auch das hilft nichts, zwei Stunden noch, viel zu lange.

Er verlässt als einer der Ersten das Gebäude, geht schweigend starren Blickes an den anderen vorbei, vernimmt deren Verabredungen für die After-Work-Parties und Dinners, lächelt obwohl er keinen Grund dazu hat, geht geradlinig seinen Weg, auch wenn er ins Nichts führt, nachgerade kennt er es nichts anders und mit jedem Tag schwindet seine Hoffnung auf Besserung oder gar Veränderung, so sehr er sich das auch wünschen mag.

Er verbringt den Abend mit einer Tiefkühlpizza, dazu eine Flasche Bier, im Fernsehen ein Nachrichtenmagazin und die eine oder andere amerikanische Serie, nebenher

überfliegt er nochmals die Tageszeitung, ohne im An-
schluss zu wissen was gelesen, er schaltet gelangweilt den
Fernseher ab und hört etwas Musik, streift sinnend durch
die abgedunkelte Wohnung und beobachtet durch das
Fenster das Nachtleben, es ist halb elf, er legt sich ins
Bett, ohne allerdings sogleich einschlafen zu können, das
Bewusstsein verliert er um viertel nach zwölf und sinkt in
einen traumlosen Schlaf.

2. – Nächstenliebe

Er ist von einem verheirateten Freund zu einem Ausflug
eingeladen, aus Mitleid wie er vermutet, die Frau natürlich
dabei, er fühlt sich wie das dritte Rad am Wagen, das Paar
geht Händchen haltend voran, er mit Händen in Hosen-
taschen in gewissem Abstand hinterher, er denkt: was hat
er was ich nicht habe, die beiden amüsieren sich prächtig
und er tut als ob, Anschein der Normalität, ihn schmerzt
das Glück vor Augen, kein Neid, nur Mitleid mit sich
selbst, »Na, war das nicht ein schöner Tag?«, »Ja, das war
ein schöner Tag«. Er hat gelogen, wieder einmal.

3. – Umwelten

Er hat einen freien Tag und unternimmt einen Spazier-
gang durch die Stadt, sie scheint bevölkert von glücklichen Paaren, Menschen überall in Küssen und Umarmun-
gen versunken, er inmitten, ein Fremdkörper, in der Ein-
kaufspassage und an der Bushaltestelle und am Flussufer,
er fühlt sich fehl am Platze, manchmal gar ein wenig
überflüssig, so trottet er als einsamer Wanderer durch
diese ville d'amants die eigentlich keine solche ist sondern eine City wie jede andere, schlendert scheinbar ziel-
los durch die Straßen, immer auf der Suche nach Ihr, vielleicht trifft er Sie schon heute, vielleicht in der Einkaufs-
passage oder an der Bushaltestelle oder am Flussufer, er
glaubt fest daran, eine Wahl hat er nicht, will er weiter-
leben.

4. – Andere

Er trifft sich bisweilen mit einem Kollegen, der, inzwischen im Ruhestand, sein Schicksal teilt und mit gutgemeinten aber heillos hilflosen Ratschlägen die ganze bemitleidenswerte Situation nur noch verschlimmert, sodass sich nun zwei Alleingebliebene über das Alleinbleiben austauschen und über das Nicht-Alleinbleiben und die Nicht-Alleingebliebenen, zwei Blinden gleich, die über das Sehen sprechen.

Er hört den Kollegen von jenem jungen Studentenpaar erzählen, welches, frisch verliebt offenbar, die kleine Wohnung nebenan bezogen hat und dessen ausgelassenlustvolles Liebesspiel, das ob der papiernen Wände des Hauses beinah unvermindert in sein Schlafzimmer dringt, ihn nicht ruhen lässt, denn wenn er an sich in ihrem Alter zurückdenkt, dann ist da nicht nur nichts vergleichbares, dann ist da gar nichts und es schmerzt ihn, dass er diese Genüsse niemals erfahren durfte, denkt wie es wäre wenn er noch einmal siebzehn sein könnte und ob er es diesmal besser machen würde? Jetzt ist alles zu spät.

Er sagt dem Kollegen, dass es nun doch schon reichlich spät geworden sei und er sich nun auf den Nachhauseweg begeben wolle, und so verabschiedet man sich mit einer stummen Geste, die dem Gegenüber das Wissen um sein (und das Wissen um das eigene) Elend zu verstehen gibt, um dann, die Hände in den Jackentaschen, die dunkle und leere Wohnung aufzusuchen, die im Grunde nur ein karger Aufenthaltsort ist, der mit ›Heim‹ oder ›Zuhause‹ nichts gemein hat.

Er betätigt den Lichtschalter, geht schweren Schrittes durch die Zimmer, erledigt die Abendtoilette, schaltet flüchtig durch die Programme und legt sich dann ins kalte Bett, wo er an das Studentenpärchen denken muss und, obwohl er es nicht will, langsam die Rechte unter die Bettdecke zieht, um mit ihr sowie einer kläglichen Phantasie den Versuch einer erotischen Illusion herbeizuzwingen, was ihm zwar leidlich gelingt, den anschließenden Ekel aber wie immer nicht verhindern kann. Nacht.

5. – Ausbruchsversuch

Er weiß natürlich, dass er selbst aktiv werden muss, soll sich die herbeigesehnte Veränderung einstellen, aber zumeist kann er nicht genügend Mut und Willen und Kraft dazu versammeln, heute aber reicht es und so gibt er via Internet eine Kontaktanzeige im größten Regionalblatt auf und er weiß, dass er schneller sein muss als der lähmende Zweifel, der nicht ausbleiben wird und nicht ausbleibt, heute aber reicht es und noch bevor ihn die Angst überfällt, hat er, er weiß nicht wie, den Auftrag abgeschickt.

Er ist beinah jede Minute von außerordentlicher Vorfreude erfüllt, ob Antwortschreiben, ob das Antwortschreiben in der Post zu finden sein wird, aber zunächst nichts, dann, vielleicht eine Woche später, doch eine Unzahl Briefe, die er alle mit einer Einladung zum Abendessen (italienisch) gewissenhaft beantwortet und er ist aufgeregt dessentwegen wie ein Kind an Heiligabend.

Er kleidet sich für das erste Rendezvous: Ein frisch gebügeltes weißes Hemd mit silbernen Manschettenknöpfen (mit Monogramm des Großvaters, von dem er sie ererbt), dann eine dunkelrote Seidenkrawatte mit schräglaufenden dünnen weißen Linien, dann die Hose des schwarzen Dreiteilers, dann Weste und Jackett und zum Schluss die schwarzen Lederschnürschuhe, anschließend der helle Trenchcoat. Durchatmen und los.

Er trifft die Damen in täglichem Abstand und man sitzt sich bei Kerzenschein an einem quadratischen Tisch gegenüber:

#1: groß und mit fast schon maskulinen Schultern, kurzen braunen Haaren und weicher Stimme – er gefällt ihr nicht;

#2: klein, sommersprossig, lange dünne rote Haare, altklug – sie gefällt ihm nicht;

#3: scheint aus einem einzigen gewaltigen sinnfreien Redeschwall zu bestehen – er lächelt höflich;

#4: ein Glas kohlensäurefreies Mineralwasser ist gesprächiger – man schweigt sich an;

#5: erzählt von ihrem Mann, von dem sie sich getrennt hat (wieder) und den sie eigentlich immer noch liebt – er entschuldigt sich (Magenbeschwerden);

#6: ihr Aussehen ist die personifizierte Triebhaftigkeit, wenngleich sie wohl erst fünfzehn Jahre alt ist – er siehe #5;

#7: erscheint nicht;

#8: verschwindet bei seinem Erscheinen;

#9: wird von ihm sitzen gelassen.

6. – Kindisches

Er muss einkaufen, Lebensmittel und sonstige Dinge des Alltags, und schiebt darum nun einen riesigen Einkaufswagen durch die Regalschluchten eines öden Supermarktes, nur ab und an eine Tütensuppe oder eine Tiefkühlpizza hineinlegend, sodass jeder am grotesken Unterschied zwischen den zum Bersten gefüllten Wagen der Familien und dem seinen, dessen Boden nicht einmal annähernd bedeckt ist, sein Singledasein erkennen kann.

Er hat gerade eine Zahnbürste von der metallnen Halterung genestelt, da fällt sein Blick auf das reichhaltige Angebot von Präservativen, vor dem ein Junge steht, ein Kind im Grunde noch, der mit seinen Kinderfingern gleich zwei Packungen greift und, ihn unverschämt angrinsend, breiten Schrittes davon stapft. Der insgeheim Düpierte bleibt verärgert zurück.

Er passiert gerade das Süßigkeitenregal, da kreuzt ein Wunder in Dunkelgrün seinen Weg, blond, mit dunklem Teint und üppigem Dekolleté, er erstarrt ob soviel unerwarteter Schönheit in unmittelbarer Nähe und nimmt sofort die Verfolgung auf, stets bemüht unauffällig zu bleiben ohne sie dabei zu verlieren, immer hinterher und parallel, ein Kind wird fast überfahren, ein Pappkarton nimmt erheblichen Schaden ebenso wie die Fersen eines schnauzbärtigen Glatzkopfs, keine Rücksicht auf Verluste um an der Kasse hinter ihr zu stehen, sie ist schon angekommen, von rechts naht ein Rentnerehepaar und will sich frech dazwischenschieben, doch er gewinnt noch einmal an Fahrt und kann sich rechtzeitig hinter ihr einord-

nen, der Schönen, die nach Apfel riecht und mit zartglied-
rigen Fingern das Wenige auf das Band legt, was auch sie
als Single denunziert und ihm als Aufforderung dienen
müsste, sie anzusprechen. Er schweigt und sie entschwin-
det.

7. – Foreshadowing

Er erhält einen Anruf von einer Unbekannten: ihr Bruder, sein ehemaliger Kollege, ist tot, Herzversagen, einfach so während des Abendessens in seiner Wohnung,
niemand hat etwas bemerkt, erst vierzehn Tage später hat
ihn der Vermieter gefunden.

Er steht als einziger Freund des Kollegen inmitten der
kleinen Trauergemeinde (der greise Vater, ein Onkel mit
Frau und Tochter samt Mann und zwei entfernt verwand-
te Damen ohne Kinn) und betrachtet während der gesamten erbärmlichen Zeremonie die Gesichter der Anwesenden, von denen lediglich das des Vaters Schmerz erkennen lässt und er überlegt, wie es wohl dereinst bei ihm
selbst sein wird, wahrscheinlich nicht anders, eine Beiläu-
figkeit ersten Ranges, mehr lästig denn würdevoll, dann
ist es zuende, endlich, und er geht, die Hände in den Taschen, durch das weitläufige Gräberfeld nach Hause, während der kalte Herbstwind braune Blätter wirbelnd durch
die Luft weht.

8. – Aufruhr

Er begegnet ihr zum ersten Mal am Kaffeeautomaten:
zierlich, die rötlich schimmernden Haare kunstvoll zu-
sammengesteckt, feine Brille und winzige Lachfältchen,
sie lächelt ihn an und sagt »Hallo«, er grüßt zurück,
nimmt sich einen Kaffee und geht, verwirrt, zu seinem
Schreibtisch.

Er muss an sie denken, im Büro und während des Nach-
hausewegs und Zuhause und überhaupt unentwegt, er
weiß (nicht?) wieso, ein einfaches ›Hallo‹ hat genügt um
sie ihm unvergesslich zu machen und einzubrennen in

sämtliche Gedankenzüge, wer ist sie?, wie kann ich sie wiedersehen?, wo?, schon morgen muss die Suche nach ihr und Informationen über sie beginnen, für heute Nacht ist nicht an Ruh' zu denken, denn was ist schon Schlaf gegenüber dem noch frischen Eindruck einer überraschenden Begegnung mit dem Sinnenverwirrenden?

Er hat in den nächsten Tagen ausschließlich die Lächelnde im Kopf und nichts wichtigeres zu tun als mit flink suchenden Augen durch die Büros des Bankhochhauses (38 Stockwerke) zu streifen, um sie unter den im Business-Dress uniformierten Kollegen ausfindig zu machen, worunter seine reguläre Arbeit mehr als nur leidet, aber dann entdeckt er sie, wie sie mit einem Aktenstapel in Händen auf den Aufzug wartet und er stellt sich, um sie nicht gleich wieder aus den Augen zu verlieren, daneben und fährt mit ihr, ohne ein Wort sprechen zu können, nach oben und verfolgt sie dort, unbemerkt wie er glaubt, zu ihrem Büro, welches sie sich mit einem gutaussehenden jungen Kollegen teilt. Hoffnung keimt auf.

Er hat sich ihr Büro als Ziel mittäglicher Wallfahrten auserkoren und steuert es mitunter auch zwischendurch an, denn seine Gedanken sind sowieso bei ihr und die Sehnsucht nach ihrem Anblick lässt sich nicht überwinden, so steht er dann Schutz suchend hinter einer verkümmerten Gummipalme und betrachtet von dort aus durch die stets offene Bürotür wie sie schreibt und liest und telefoniert und ihre tägliche Apfelsine verzehrt und sich mit ihrem gutaussehenden Kollegen unterhält.

Er hat herausgefunden, dass sie jeden Morgen um Punkt Neun Uhr dreißig ein bestimmtes Büro im sechzehnten Stock aufsucht um dort einen Umschlag abzuholen, und so nimmt er sich vor, dort eine Begegnung herbeizuführen und sie zu einem Kaffee einzuladen:
1. Versuch: er traut sich nicht;
2. Versuch: dito;
3. Versuch: dito;
4. Versuch: er kommt über ein bescheidenes ›Hallo‹ nicht hinaus;
5. Versuch: er fragt wie es ihr geht und bricht ab, bevor er die Einladung ausgesprochen hat;

6. Versuch: sie erscheint nicht und erscheint überhaupt nicht mehr.
Chance vertan.

Er wagt einen riskanten Schritt, indem er ihr einen Brief schreibt und sie darin zu einem Treffen einlädt, was nicht nur wie eine Verzweiflungstat anmuten muss, sondern tatsächlich auch eine ist, und erhält nur wenige Tage später eine knappe e-Mail, in der sie mit direkten Worten ihr Bedauern ausdrückt und ihn um Verständnis bittet, dass sie seinem Anliegen nicht entsprechen kann. Er löscht die Mail sofort.

9. – Reprise

Er sitzt auf einer Bank am Flussufer und beobachtet die langsam vorbeiziehenden Lastkähne während die große Sonnenscheibe hinter der Skyline versinkt, da bemerkt er auf der Bank nebenan eine junge Frau mit dickem, wallend dunkelbraunem Haar, deren Blick ebenfalls der vom Sonnenuntergang illuminierten Stadt zugewandt ist und die, als das Naturschauspiel zuende gegangen, aufsteht und davon schlendert.

Er folgt ihr. –

Michael Kühne

WAS IST DAS?

Gedanken am Strand

Ist das vielleicht die echte, große Liebe,
Wenn man an diese eine Frau nur denkt;
Und wenn man gerne Hab und Gut verschenkt,
Falls nur die kleinste Chance dafür bliebe,

Daß man sie auch erreicht, wenn man ihr schriebe?
Wenn ihr Bild jedes and're Bild verdrängt,
Und wenn man merkt, wie sehr man an ihr hängt –
Ist das vielleicht die große, wahre Liebe?

„Das ist nicht Liebe, das ist Schwärmerei,
Und sicher geht das irgendwann vorbei.",
So sagt mir meistens eine inn're Stimme.

Doch weiß ich auch: es kann im Handumdreh'n
Aus Schwärmerei wohl Liebe erst entsteh'n.
Und das ist schön, und das ist auch das Schlimme!

Axel Löber

ZWEI KATZEN
VOR DEM HEISSEN BREI

Ganz allein am Tisch in einem Restaurant,
langsam ihren heißen Tee (mit Süßstoff) trinkend,
sieht sie gegenüber einen jungen Mann,
ebenfalls allein an einem Tische sitzend.

Ganz allein am Tisch in einem Restaurant,
sein Kaffee ist fad und auch schon kalt geworden,
sieht er gegenüber eine junge Frau,
ebenfalls allein an einem Tische sitzend.

Einsam sind sie beide, aber nicht mehr lange:
Einer wird sich gleich erheben, um charmant
beider Los durch Liebeswerben umzuwenden;
Eins plus Eins macht Zwei, das ist der Lauf der Welt.

Falsch! Denn so wie hier geschieht's nur all zu oft:
Sie liebt ihn und er liebt sie aus ganzem Herzen;
doch aus Furcht davor, den andren ließ' das kalt,
schweigt man lieber – bis es dann zu spät ist. Ende.

Michael Kühne

ZWIESPÄLTIGE FRAGEN

Der Geist sagt: „Ignorier' sie,
Weil sie nie zu dir sieht."
Doch wie den Mensch nicht anseh'n,
Der Blicke auf sich zieht?

Der Geist ruft: „Komm, vergiß sie,
Weil sie dich nicht versteht."
Doch wie den Mensch vergessen,
Um den sich alles dreht?

Der Geist schreit: „Los, verschwinde,
Weil sie nicht an dich denkt."
Doch wie den Mensch verlassen,
An dem man so sehr hängt?

Das Herz weiß längst: „Du liebst sie.
Man sieht's an dem Gedicht."
Doch wie den Menschen lieben,
An dem man schier zerbricht?

Michael Kühne

WARNUNG VOR SELBSTMORD
AUS ANDEREN GRÜNDEN

Da hast du dir wohl einen Korb eingefangen,
Und deshalb verlierst du gleich Hoffnung und Mut.
Du meinst nun, die Erde sei untergegangen,
Tja, oder, daß sie's bei Gelegenheit tut.

Du fühlst dich verlassen und völlig alleine,
Und deine Gedanken sind finster-final:
„Sie wollte mich nicht. Dann bekommt mich halt keine!
Sie brach mir das Herz; jetzt ist alles egal!"

Nun willst du dein Leben so einfach beenden,
Weil irgendein Weib deine Liebe verschmäht?
Dann solltest du ein, zwei Gedanken verschwenden
An das, was danach kommt, sonst ist es zu spät:

Vielleicht kann man sich auch im Himmel verlieben.
Vielleicht kommt man dort auch nicht immer ans Ziel.
Was dann kommt, das muß man zu Lebzeiten üben,
Denn bist du erst selber im Jenseits da drüben,
Dann bringt dir ein Selbstmord ja auch nicht mehr viel...

Axel Löber

DAS GLASHAUS

Ein Märchen

In einer altehrwürdigen Handelsstadt, die am Weges-
rand einer noch weitaus älteren Handelsstraße lag, lebte
einst ein angesehener Gewürzhändler, dessen Name in
den alles verschlingenden Wirren der Zeit längst verloren
gegangen ist.
Seine Geschäfte gingen gut und so konnte er es sich leisten, etwas außerhalb der Stadt ein weitläufiges und überaus prächtiges Landgut zu bewohnen, welches zudem in
herrlichster Umgebung gelegen war. Und da er mit einer
außerordentlich lebensfrohen Natur gesegnet war, liebte
er es, dort große und rauschende Feste zu veranstalten,
die stets ein von allen aufgeregt herbeigesehntes gesell-
schaftliches Ereignis darstellten, sodass niemand, der etwas auf sich hielt, es sich verziehen haben würde, einmal
nicht anwesend zu sein. Deshalb herrschte zwischen den
schwungvoll aufspielenden Musikanten und den Reihen
langer Tische, die sich unter den gewaltigen Mengen der
aufgefahrenen Köstlichkeiten bogen, immer großes Ge-
dränge, sodass der Gewürzhändler, wollte er seine Gäste
begrüßen, sich stets lachend und scherzend durch die
eng beieinanderstehenden Menschen hindurchzwängen
musste, froh, dass sich alle prächtig amüsierten.
Eines Tages aber – ein solches Fest war mitten im Gange
– stand plötzlich eine wunderschön anzuschauende junge
Frau vor ihm, die er zuvor noch nie gesehen hatte. Sie
blickte ihn aus ihren großen grünen Augen an und sprach
kein Wort. Er fragte sie, wo sie denn herkomme und wie
sie heiße, doch sie antwortete nicht. Stattdessen legte sie
ihre rechte Hand sanft auf seine Wange und lächelte ihn
auf die bezauberndste Art an, die man sich irgend vorstellen kann. Dann nahm sie ihre Hand wieder herab, fasste
die seine und führte ihn hinauf in ein kleines Zimmer im
verlassenen Obergeschoss, wo die beiden in atemloser
Umarmung die Nacht miteinander verbrachten.

Nun verhielt es sich aber so, dass der Gewürzhändler schon seit Jahren – und durchaus glücklich – verheiratet war. Wenn überhaupt, so war diese Ehe mit nur einem einzigen Makel behaftet, mit dem nämlich der Kinderlosigkeit: Es wollte sich trotz ernsthaftester Bemühungen einfach kein Nachwuchs einstellen, welcher nicht allein die Linie der Familie, sondern besonders auch den Betrieb des einträglichen Gewürzhandels fortzusetzen in der Lage gewesen wäre.

Diese Situation herrschte nun also vor, als nicht ganz ein Jahr nach seiner Begegnung mit der jungen Frau ebendiese eines Morgens sein Kontor in der Stadt betrat. Und da er sie seit jener Nacht nicht wiedergesehen hatte, war seine Überraschung groß; denn ebenso unvermutet wie sie ihm erschienen, war sie seinerzeit auch wieder verschwunden, und niemand der übrigen Gäste hatte Auskunft über sie geben können.

Gesteigert aber wurde seine Verwunderung durch den Umstand, dass die Frau ein Kind in ihren Armen hielt, welches, so erklärte sie, das seinige sei. Sie habe dieses Mädchen, seine Tochter, für ihn zur Welt gebracht und nun sei die Zeit gekommen, es ihm, dem Vater, anzuvertrauen. Während sie dies sagte, drückte sie dem verwirrten Gewürzhändler das Bündel in die Arme, machte auf der Stelle kehrt, verließ das Kontor und ward niemals mehr gesehen.

Dem vom einen zum anderen Augenblick zum Vater gewordenen Gewürzhändler blieb im Angesicht des Kindes nun nichts anderes mehr übrig, als die ganze, ihm natürlich äußerst unangenehme Geschichte seiner Gattin zu berichten, die jenen Abend vor einem Jahr in der Nachbarstadt am Krankenlager ihrer Mutter verbracht hatte.

Die Frau des Gewürzhändlers hörte mit versteinertem Gesicht und ohne ein einziges Wort zu sagen den Ausführungen ihres Mannes zu, nur ab und an einen Blick auf das Kind werfend, welches dieser neben sich auf das Sofa gebettet hatte. Als er zum Ende gekommen war, schwieg sie noch einen Moment, bevor sie ihm mit gestrenger Stimme erklärte, dass er das Kind so schnell wie möglich aus ihren Augen entfernen müsse: Sie ertrage seinen Anblick nicht, könne dies auch in Zukunft nicht und habe im Übrigen keinesfalls die Absicht zuzulassen, dass es dereinst Haus und Firma erben werde – denn dieses Privileg stünde einzig und allein dem Kind zu, welches ihrer gemeinsamen Ehe entspringe.

Reumütig akzeptierte dies der Gewürzhändler, denn, so hörte seine Frau ihn beteuern, er wolle den Fortbestand der durchaus glücklichen Ehe, die ihm sehr am Herzen liege, nicht gefährden. (Der eigentliche Grund für seine Zustimmung freilich war, dass die Eltern seiner Frau zur Hälfte am Gewürzhandelsgeschäft beteiligt waren und er eine Scheidung und den daraus resultierenden eigenen finanziellen Bankrott befürchtete.)

So begann er zu überlegen, was nun zu unternehmen sei. Die einfachste Lösung wäre sicherlich gewesen, das Kind einem Waisenhaus zu überantworten; doch dagegen regten sich die väterlichen Gefühle, denn sein erstes (und vielleicht einziges) Kind wollte er nicht aus den Augen verlieren, sondern in seiner Nähe wissen. Im Haus behalten aber konnte er es auch nicht – ebenso wenig wie es zu Freunden geben: Das Gerede, welches unweigerlich in der Stadt entstanden wäre, würde seinem bisher so einträglichen Geschäft ohne Frage geschadet haben. Welche Alternative also gab es?

Lange dachte er nach und entwarf schließlich in einer aufs Fürchterlichste sturmgepeitschten und gewitterzerfurchten Nacht jenen wahrhaft unerhörten, einzigartigen und verhängnisvollen Plan, der seiner Tochter ein sorgenfreies und wohlbehütetes Aufwachsen, noch dazu in seiner unmittelbaren Nähe, ermöglichen sollte, ohne dass aber irgend jemand etwas davon erfahren würde.

Bereits am nächsten Morgen, kurz nach Sonnenaufgang, verließ er das Anwesen und begab sich in die Stadt, wo er mehrere zum Verkauf stehende Häuser besichtigte. Am besten geeignet für seinen Plan befand er das leerstehende Geschäftsgebäude eines verzogenen Juweliers, welches inmitten der quirlig-geschäftigen Innenstadt gelegen war und vor dem sich, hinter einer großen Straße, der weitläufige Marktplatz der Stadt mit seinen Geschäften, Cafés und Bürogebäuden ausbreitete. Kurzerhand suchte er den mit dem Verkauf des Gebäudes beauftragten Makler auf, stellte ihm einen mehr als großzügig bemessenen Scheck aus und war fortan der Besitzer des Hauses.

Anschließend fuhr er zum besten Glaser der Stadt, um ihn mit der Anfertigung spezieller Scheiben zu beauftragen, mit denen die gesamten Fenster des Hauses versehen werden sollten: Die Fenster durften keinesfalls zu öffnen sein und – das war die Hauptsache – sie sollten zwar genügend Licht ins Haus fallen lassen, aber den Blick hinein gänzlich unmöglich machen; denn niemand, so dachte er, könne dann erfahren, was, beziehungsweise wer sich im Inneren verbarg. Gleichzeitig aber müsse es möglich sein, aus dem Haus nach draußen sehen zu können, um auf diese Weise am Geschehen in der Welt teilhaben zu können. Der ob dieser seltsamen Wünsche sichtlich verwunderte Glaser fragte, wozu das Haus bestimmt sei, doch der Gewürzhändler verweigerte eine Antwort und bestand im Übrigen auf äußerste Verschwiegenheit.

Nachdem man noch einige Details besprochen und sich auf einen Preis geeinigt hatte, fuhr der mittlerweile schon etwas erschöpfte Gewürzhändler zu einer engen Freundin der Familie, der Witwe eines vor Jahren nach einem tragischen Jagdunfall verschiedenen Markgrafen. Bei Tee und Gebäck eröffnete er ihr, eine angemessene und diskrete Beschäftigung für ihre in die Jahre gekommene Tochter Helena gefunden zu haben. Diese nämlich lebte in Zurückgezogenheit, seit ihre skandalträchtige Ehe mit einem zur Trunksucht neigenden Literaten mit dessen niemals geklärten Tod im Bade geendet hatte. Die dadurch endgültig in Verruf geratene Helena aber hatte seit jeher bei Familien- und Freundeszusammenkünften unter Beweis gestellt, dass sie, wenngleich selbst ohne Nachkommenschaft, Talent im Umgang mit Kindern besaß, dies jedoch, mit Blick auf ihre Vergangenheit und die Gerüchte in der Stadt, niemals zum Beruf hatte machen können und wollen.

Helena also war vom Gewürzhändler auserwählt, die Erziehung und überhaupt Betreuung des Kindes zu übernehmen, was in dem von der Außenwelt abzuschließenden Haus geschehen sollte, sodass niemand von ihrer Tätigkeit dort erfahren würde. Die ob dieses Vorschlages in höchstem Maße erfreute Markgrafenwitwe willigte, das Einverständnis ihrer abwesenden Tochter vorausahnend, sofort ein und auch der Gewürzhändler war zufrieden, mit diesem geschickten Schachzug nicht nur ein fähiges, sondern vor allem auch verschwiegenes Kindermädchen engagiert zu haben.

Erschöpft begab er sich anschließend wieder nachhause auf sein Landgut, ließ sich auf der sonnenbeschienen Terrasse auf einem weißen Korbstuhl nieder, entzündete eine edle Zigarre und genoss behaglich rauchend den farbenprächtigen Sonnenuntergang.

Nur wenige Wochen später stand die Vollendung seines Planes unmittelbar bevor: Das Haus war frisch renoviert und seine Zimmer bis oben hin mit den schönsten und seltensten Spielsachen gefüllt, die man, unter strengster Geheimhaltung natürlich, überhaupt erstehen konnte und des Nachts hineingeschafft hatte. Auch der Glaser hatte sein Bestes gegeben, und so waren nun alle Fenster des Hauses, die großflächigen Scheiben im Erdgeschoss ebenso wie die winzigen halbrunden Dachluken, durch jene vom Gewürzhändler in Auftrag gegebenen ersetzt worden, die nicht zu öffnen waren und jeden neugierigen Blick in das Haus verwehrten, Blicke hinaus auf das Treiben der Stadt aber zuließen. Helena hatte letzte Anweisungen und einen der beiden Hausschlüssel erhalten; das zweite Exemplar blieb im Besitz des Gewürzhändlers, damit er seine Tochter jederzeit besuchen konnte.

Der Einzug geschah in einer bitterkalten, verregneten und mondlosen Nacht. Der Gewürzhändler brachte seine Tochter mit einer schwarzen Kutsche, deren Fenster mit schweren Tüchern verhangen waren, weit nach Mitternacht in das Haus, sodass niemand, nicht einmal der in triefendes Ölzeug gehüllte Nachtwächter auf dem Marktplatz, etwas davon bemerkte. Helena wartete bereits, nahm das Kind in Empfang, brachte es nach oben in sein Schlafzimmer und bettete es zur Nacht. Dann ging sie zurück ins Erdgeschoss und verschloss die mit mehreren Riegeln versehene schwere Eichenholztür, die nach dem Umbau der nunmehr einzige Ein- und Ausgang des Hauses war, losch alle Lichter und begab sich in ihre Kammer zur Ruh.

Das Kind aber lag noch lange wach und betrachtete das sich in einem Luftzug langsam wiegende Mobile über seinem Bett, welches, nur schwach von einer hereinscheinenden Straßenlaterne beleuchtet, gespenstische Schatten an die Decke warf. Und wäre zu jenem Zeitpunkt ein Mensch im Raum gewesen, und hätte er in jenem fahlen Licht das Gesicht des Kindes betrachten können, so würde er gewiss jenen ahnungsvollen Ausdruck in seinen Augen bemerkt haben, der das Kommende leidend gewärtigte, all den schrecklichen Jahren wissend entgegensah und im Angesicht des Schicksals brechend um Rettung flehte.

So geschah es also, dass inmitten einer altehrwürdigen Handelsstadt, in einem Haus mit von außen undurchdringbaren Scheiben, das verstoßene Kind eines angesehenen und wohlhabenden Gewürzhändlers lebte, aufwuchs und gedieh.

Umsorgt von der sich ihrer Aufgabe aufopferungsvoll hingebenden Helena, die das Haus zuweilen nur einmal in der Woche für kurze Zeit verließ, um die dringlichsten Besorgungen zu erledigen, lernte es mit der Zeit Laufen und schließlich Sprechen.

Die Tochter des Gewürzhändlers war – und darin glich sie ihrem Vater – ein außerordentlich aufgewecktes Kind, und so musste Helena ihre ganze Aufmerksamkeit aufbringen, um den Tatendrang und Wissensdurst der Heranwachsenden wenn nicht zu zügeln, so doch wenigstens in kontrollierbare Bahnen zu lenken. Sie tat dies, indem sie der begierig Zuhörenden unermüdlich aus vielerlei Büchern vorlas: Märchen und Abenteuergeschichten, Reiseberichte und Chroniken, Theaterwerke und auch Gedichte. Große Freude hatte sie auch an ihren zahlreichen Spielzeugen, und besonders an den zartgliedrig-edlen Puppen, die nachgerade ihre einzigen Gefährten darstellten.

Ihre liebste Beschäftigung vor allem aber war es, vor den großen Fenstern im Erdgeschoss zu sitzen und mit beinahe ebenso großen Augen und offenem Mund staunend das Geschehen auf dem Marktplatz zu betrachten. Stunden über Stunden, manchmal von morgens bis abends, konnte sie auf diese Weise dort verbringen, fasziniert von dem bunten und flirrenden Treiben, dem geschäftigen Leben in jener für sie unerreichbaren Welt. Das gebärdenreiche Feilschen der Gemüse- und Fischhändler fand bei ihr ebenso großes Interesse wie der rege Verkehr unterschiedlichster Kutschen und das Auftreten der feinen Damen in ihren teuren Kleidern, die des Nachmittags die Cafés aufsuchten, um sich dort beim Mokka mit Freundinnen zu einer Plauderei zu treffen.

Sobald sie jedoch andere Kinder gewahr wurde, überkam sie große Traurigkeit. Helena, der dies freilich nicht verborgen bleiben konnte, setzte sich dann stets zu ihrem

Schützling und erzählte, wie vom Gewürzhändler aufgetragen, von jener seltenen und unheilbaren Krankheit, die der Grund für ihr einsames und abgeschlossenes Leben in diesem Hause darstelle, und dass sie froh sein müsse, einen Vater zu besitzen, der ihr dies überhaupt ermögliche.

Und auch der Gewürzhändler spendete bei seinen regelmäßigen Besuchen seiner sichtlich unter ihrem Schicksal leidenden Tochter Trost. Doch mit der Zeit wurden die Besuche seltener und seltener, bis sie dann schließlich, als seine Frau unerwartet einen gesunden Sohn gebar, endgültig abbrachen. Dies lastete zusätzlich auf der feinfühligen und dadurch zur Schwermut neigenden Tochter, die mittlerweile zu einer jungen und durchaus hübschen Frau herangewachsen war. Die vielen von ihr einst innigst geliebten Spielsachen lagen nunmehr unbeachtet in Schubladen und Regalen, denn all zu vertraut waren sie mit der Zeit geworden.

So bildete nun das Aus-dem-Fenster-Schauen ihren einzigen Tages-, ja Lebensinhalt. Das Betrachten des Lebens musste Ersatz genug sein, denn die ersehnte Teilnahme blieb ihr versagt. Wie gerne wäre sie einmal, wenigstens ein einziges Mal, hinübergegangen zum Obsthändler, hätte mit ihm um den Preis eines Apfels gestritten und wäre anschließend durch das Gewirr der bunten Stände zu den feinen Damen in eines der Cafés gegangen, um mit ihnen ein wenig zu plaudern! Es war ihr größter Wunsch; und wenn auch nur eine dünne Glasscheibe sie von seiner Erfüllung trennte, so konnte sie nicht den Mut aufbringen, diese Barriere zu durchbrechen. –

Oftmals geschah es, dass sie von einem langen Tag des Betrachtens voll von neugewonnenen Eindrücken müde in ihrem Sessel vor dem Fenster einschlief. Dann träumte ihr von einem Leben außerhalb des Hauses: Ungehindert bewegte sie sich auf dem Marktplatz zwischen all den anderen, frei und als ein Teil von ihnen. Beim Aufwachen aber musste sie dann feststellen, das Haus nicht verlassen zu haben; und so erhob sie sich und streifte rastlos durch die düstren Zimmer – nicht selten auf eine merkwürdig stumme Art weinend. Bis zum Morgengrauen konnte sie keine Ruhe finden und in manch besonders erbitterter Stunde mochte sie wohl an ein Letztendliches denken, ehe sie erschöpft auf ihr Bett sank und erneut in unruhigen Schlaf verfiel.

Eines Morgens – die Nacht war wieder einmal in höchstem Maße unruhig gewesen – setzte sie sich wie immer in ihren Sessel vor dem großen Fenster, neben sich auf einem filigranen Beistelltischchen Kuchen und ein Glas Milch. Und da der Vormittag bereits recht weit vorgerückt war, zeigte sich der Marktplatz in seiner ganzen Geschäftigkeit. Langsam ließ die noch recht verschlafen Dreinblickende ihre Augen über das Geschehen schweifen, als sie am Rande der Szenerie einen jungen Mann bemerkte, der auf betont lässige Weise an einer Hauswand lehnte und sich hin und wieder nach allen Seiten umblickte, als erwarte er jemanden. Er schien nur wenig älter als sie selbst zu sein, besaß weiche, beinahe androgyne Züge und trug schlichte, aber nichtsdestoweniger geschmackvolle und gepflegte Kleidung.

Hingerissen von seiner Erscheinung verliebte sie sich augenblicklich in diesen Anblick unvermittelter Schönheit, und zwar so ganz und gar, wie dies wohl nur bei einer jungen und noch dazu ersten Liebe der Fall sein kann. Alles um sich herum vergessend kostete sie diesen einzigartigen Moment bis aufs Letzte aus, verklärt versunken in anbetungsvolle Betrachtung und Bewunderung dieser Gestalt. Sie liebte ihn, ja, sie liebte ihn und das Gefühl ihn zu lieben, und für den Bruchteil einer Sekunde schien es, als wolle sie aufspringen, die Glasscheibe vor sich zerschlagen und hindurch zu ihm hinüber laufen, zur Freiheit, zum Glück.

Doch eingedenk ihrer vermeintlichen Krankheit tat sie es nicht, verharrte stattdessen in ihrem Sessel und begann Überlegungen anzustellen, wer dieser junge Mann sei. War er vielleicht ein Herumtreiber, Taugenichts, gar Hochstapler, der sein Auskommen damit bestritt, geist- und also ahnungslosen Passanten mit Hilfe von üblen Tricks und Lügereien das Geld aus der Tasche zu ziehen? Nein, das konnte nicht sein, viel eher schon mochte er ein Lehrling oder Student sein, der sich nach anstrengenden Geschäften in der Stadt eine Pause gönnte. Vielleicht war er aber auch der behütete Spross eines wohlhabenden Hauses, der sich für das Leben des einfachen Volkes interessierte?

Diese und ähnliche Überlegungen brachte der verwirrte Geist der Verliebten hervor, als sich das Objekt ihrer Gedanken mit einer eleganten Bewegung von der Mauer abstieß und mit wiegenden Schritten, die durchaus Erinnerung an diejenigen einer Gliederpuppe zu wecken in der Lage waren, ein schmales Sträßchen hinabschlenderte und kurz darauf ihrem Blickfeld entschwand.

Noch eine Weile lang starrte sie auf jene Stelle, an der ihre Augen ihn verloren hatten, und sie fragte sich, ob sie ihn jemals wiedersehen werde. In der Tat stand zu befürchten, dass sie, da sie ihn noch niemals zuvor bemerkt hatte, auch darauf, wie auf so vieles, würde verzichten müssen. Doch hegte sie in ihrem tiefsten Innern sehnsüchtigst die Hoffnung, er werde noch einmal, vielleicht schon bald, in ihrem Blickfeld erscheinen.

So verbrachte sie nun mehr Zeit denn je im Sessel vor dem Fenster: Bereits lange vor Sonnenaufgang nahm sie dort ihren Platz ein, um ihn erst spät in der Nacht, wenn sich die Straßen endgültig geleert hatten, wieder zu verlassen – zu groß war ihre Angst, ein auch nur kürzestes Vorbeigehen des Geliebten zu versäumen.

Helena, die wohl von dem zunehmenden Maße des Aus-dem-Fenster-Schauens Kenntnis nahm, ahnte gleichsam nichts von dem eigentlichen Grund dafür und hielt es vielmehr für ein gesteigertes Einsamkeits- und Sehnsuchtsgefühl, was freilich nicht minder zutraf.

Nunmehr sensibilisiert durch ihre eigene, bislang unerfüllte Liebe, hatte die Tochter des Gewürzhändlers damit begonnen, ihr Augenmerk auf Paare zu richten, von denen es viele zu beobachten gab: Alte, die gleich zwei engen Freunden den Wocheneinkauf gemeinsam erledigten; solche in mittleren Jahren, allzu oft einander merklich fremd geworden; und natürlich auch junge, für die sie sich besonders interessierte. Einen überaus großen Eindruck hatte denn auch ein ebensolches Pärchen bei ihr hinterlassen: Eines Morgens, mitten im geschäftigsten Treiben, hatte dieses, Arm in Arm, einfach so dagestanden und die Auslage eines Standes betrachtet. Wenige Augenblicke nur mochte sich dieser Anblick geboten haben, lange genug jedoch, um sich ihr als Bild innigster Zweisamkeit und wortloser Vertrautheit einzuprägen, welches sie aufs Heftigste bewegte und im ganzen Wesen erschütterte.

Lange Zeit trug sie diese Momentaufnahme mit sich herum, zumeist freilich verknüpft mit der Vorstellung, sie selbst sei die junge Frau und ihr Geliebter der junge Mann, und sie malte sich aus, wie wunderbar es sei, von ihm im Arm gehalten zu werden. Und es hatte den Anschein, als wäre diese Vorstellung von ihm das einzige was ihr geblieben war, denn mehrere Wochen lang tauchte er nicht mehr auf.

Dann jedoch, an einem späten Nachmittag, sah sie ihn plötzlich wieder: In unveränderter Gestalt (ja sogar die gleiche Kleidung schien er zu tragen) hockte er leger auf dem rundgemauerten Rand eines Brunnens aus alter Vorzeit, der sich in der Mitte des Marktplatzes befand. Sofort erfasste die sehnsüchtig Wartende und in ihrem Warten Hoffende große Aufregung: Das Herz schlug schneller als gewohnt, der Puls beschleunigte und nervöse Anspannung ließ sie verkrampfen. Er war da! Sie rückte ihr Kleid etwas zurecht und setzte sich aufrecht hin, völlig außer Acht lassend, dass er, selbst wenn er in ihre Richtung geblickt haben würde, sie durch die Scheibe überhaupt nicht hätte sehen können. Neugierig (und durchaus auch erwartungsvoll) beobachtete sie jede seiner Regungen, verfolgte jeden seiner Blicke und versuchte sich alles auf das Genaueste einzuprägen, da sie auch weiterhin fürchtete, ihn niemals wiederzusehen und auf ewig nur diese spärlichen Momente in ihrer Erinnerung zurückbehalten zu müssen.

So sah sie auch, wie er sich erhob, umblickte und dann langsam auf ihr Haus, auf sie, zuging. Ihre Erregtheit wurde größer mit jedem seiner Schritte; immer näher und näher kam er, und als er nur noch wenige Meter vom Fenster entfernt war, erhob auch sie sich und schritt zagend nach vorn, ihm entgegen, bis sie direkt vor der Scheibe stand. Und als ob er tatsächlich auf sie zugegangen wäre, kam er direkt ihr gegenüber, ebenfalls kurz vor der Scheibe, zum Stehen.

So standen sie, vielleicht drei oder vier Handbreit zwischen sich, Aug in Aug, getrennt nur durch ein dünnes Stück Glas. Und einen winzigen Augenblick lang schien es, als betrachteten sie einander wirklich. Doch natürlich konnte er durch die undurchdringbare Scheibe hindurch nicht sehen, wie sie ihn mit ihren großen Augen anlächelte. Und natürlich sah er nicht ihre zierliche rechte Hand, die sie flach und zart, fast zärtlich auf das Glas gelegt hatte, insgeheim auf eine – wenngleich vermittelte – Berührung durch die seine hoffend.

Doch eine solche blieb aus, denn er hatte sich scheinbar nur deshalb vor das Fenster begeben, um sich in dem spiegelnden Glas zu betrachten; von der Anwesenheit einer jungen Frau im Innern des Gebäudes ahnte er ebenso wenig wie von ihrer Liebe zu ihm. Und so wurde ihr, während sie ihn sich mustern sah, mit einem Mal bewusst, dass er von ihrer Existenz nichts ahnte, ja überhaupt nichts ahnen k o n n t e, solange sie sich hier im Haus befand, welches ihr zu verlassen verwehrt war. Gleich einer schweren Decke legte sich große Traurigkeit über sie – langsam ließ sie ihre Hand herabsinken, drehte sich um und verließ, winzige Tränen aus ihren Augen streichend, unsicheren Schrittes das Zimmer.

Weder in dieser noch in den folgenden Nächten vermochte sie genügend Schlaf zu finden; zu aufgewühlt war sie von jenem Moment der Erkenntnis, welcher all ihr Hoffen und Wünschen an der Wirklichkeit hatte zerbrechen lassen und sie in einen Zustand höchster Enttäuschung zurückwarf. Sie fühlte sich einsam, mehr noch als je zuvor, und auch die Aufmunterungsversuche Helenas, die den Grund für das Unglücklichsein ihrer Schutzbefohlenen inzwischen erahnen mochte, konnten daran nichts ändern.

Sogar das Aus-dem-Fenster-Schauen wurde für sie zu einer bedeutungslosen und zum Ritus erstarrten Angelegenheit. Ohne rechtes Interesse mehr für das bunte Treiben aufbringen zu können, blickte sie hinaus und nahm doch nicht wahr, was dort vor sich ging – weit, viel zu weit entfernt davon waren ihre Gedanken, an einem anderen, schönen Ort, der nur auf träumerische Weise zu erreichen ist.

Ohne aber dass es ihr recht eigentlich bewusst sein mochte, hielt doch noch ein kleiner Teil von ihr Ausschau nach dem jungen Mann. Dieser jedoch zeigte sich in den folgenden Wochen wiederum nicht, und so sollte es noch bis zum Osterfest dauern, bis das Schicksal der Tochter des Gewürzhändlers seine größte, letzte und schrecklichste Wendung vollführen konnte.

An jenem Ostersonntag nämlich lag sie mit von einer schweren Grippe hervorgerufenem Fieber im Bett, sodass sie nicht hinunter in ihren Sessel und vor das Fenster konnte. Mit der Zeit jedoch wurde ihr langweilig und sie beschloss, etwas in dem Reiseroman zu blättern, welchen sie vor einigen Tagen zu lesen begonnen hatte. Das Buch jedoch lag neben ihrem Sessel auf dem Beistelltischchen, und da Helena das Haus verlassen hatte um in die Messe zu gehen, musste sie aufstehen und selbst hinuntergehen. Und gerade als sie das Buch in die Hand genommen hatte, blickte sie aus dem Fenster und sah ihn, den jungen Mann, auf der anderen Straßenseite am Rande des Marktplatzes stehen.

Sein Anblick erschien ihr schöner als jemals zuvor, und nur mit Mühe konnte sie sich davon losreißen. Denn so gerne sie ihn weiterhin beobachtet hätte, so wusste sie auch, dass dies nur unerfüllbare und daher schmerzlichste Sehnsüchte zeitigen konnte. Und so zwang sie sich, den Raum zu verlassen und über die Treppe hinauf in ihr Schlafzimmer zu gehen – als sie im Flur bemerkte, dass die massive Haustür nicht wie immer fest verschlossen, sondern nur angelehnt war. Sie zauderte kurz, ging dann mit klopfendem Herzen langsam auf die Türe zu, umfasste mit zittriger Hand die riesige Eisenklinke, hielt den Atem an und drückte sie vorsichtig herab.

Sie zog die Türe auf und atmete zum ersten Mal seit vielen Jahren die frische und reine Luft ein, die ihr nun entgegenschlug. So wunderbar war für sie dieser Moment, dass sie kurz und hell auflachen musste. Mit geschlossenen Augen atmete sie einige Sekunden lang in tiefen Zügen ein und vergaß vollkommen die Gefahr, die ihrem Leben vermeintlich drohte.

Langsam trat sie einige Meter nach vorn, betastete den Stamm einer alten Kastanie und besann sich dann, vielleicht gelockt und verführt von der ungewohnten Freiheit, einer einzigen gewagten Tat. Kurz blickte sie zurück durch die offene Tür in den verwaisten Hausflur und begann schließlich, alles andere hinter sich lassend, um das Haus herum zur Vorderseite zu laufen, wo sich der Marktplatz befand.

Kaum hatte sie das Gebäude umrundet, sah sie auch schon den jungen Mann am Rande des Platzes stehen. Erhitzt, aufgeregt und angespannt bis in alle Glieder, lachend und das Glück greifbar nah vor Augen, rannte sie geradewegs über die Straße und auf ihn zu. Doch da sie ihren Geliebten – und nur ihn – fest im Blick hatte, schien sie nicht die mit großer Geschwindigkeit herannahende Kutsche der Frau des Gewürzhändlers zu bemerken. Zwar riss der erschrockene Kutscher noch nach Leibeskräften an den Zügeln der schnaubenden und schweißbedeckten Pferde, doch war es längst zu spät und jeder Versuch, das Unvermeidliche abzuwenden, musste vergebens bleiben. Erbost über das unsanfte Halten der Kutsche wollte die Frau des Gewürzhändlers gerade zu einem scharfen Tadel anheben, als auch sie gewahr wurde, was geschehen war. Im selben Augenblick schrie Helena, die gerade aus der Kirche kam, verzweifelt auf und rannte mit bleichem Gesicht zu der am Boden Liegenden, kniete sich zu ihr nieder und nahm ihren unversehrten Kopf in ihre Arme. Die Sterbende gab noch leise einen klagenden Seufzer von sich und schloss dann ihre Augen für alle Zeit.

Nicht weit davon, am Rande des Marktplatzes, nahm ein junger Mann gerade noch die um eine Kutsche zusammenlaufende Menschenmenge wahr, als seine gesamte Aufmerksamkeit von einer jungen Frau vereinnahmt wurde, die sich ihm lachend und winkend näherte. Sie war seit kurzem seine Verlobte und begrüßte ihn nun, indem sie ihn zärtlich umarmend lange und inbrünstig küsste.

FÜNFTES KAPITEL

TEMA CON VARIAZIONI

> Hier wird das Bach-Motiv meisterhaft wie
> nie zuvor ausgeführt. Ein bisher viel zu
> gering gewürdigtes Glanzstück ästheti-
> scher Variation.
>
> *Theodor W. Adorno über Johannes Brahms'*
> *Symphonie Nr. 5 g-Moll, op. 139 („Ein deutscher Bach")*

Was aber ist der Bach? Ein Sinnbild unsers Lebens – so
beginnt ein Gedicht, das wie wohl kein zweiter Text der
Weltliteratur jenes einzigartige Phänomen widerspiegelt,
welches bereits seit Jahrhunderten die Phantasie der
Dichter beflügelt: der ‚Bach'. Auch wir waren von Anfang
an fasziniert von dieser Thematik und beschlossen, ihr im
vorliegenden Band ein eigenes Kapitel zu widmen. Damit
die Beiträge jedoch möglichst vielfältig ausfallen würden,
baten wir zahlreiche bekannte Autoren um ihre Mithilfe.
Leider zeigten sich ausnahmslos alle Dichter und Denker
eher geringfügig kooperationsbereit, was ihnen jedoch
nicht als charakterliche Schwäche ausgelegt werden sollte,
da sie zum Zeitpunkt unserer Anfrage bereits größtenteils
nicht mehr unter den Lebenden weilten.

Angesichts dieser durchaus prekären Lage begaben wir
uns eben höchstselbst in unzähligen (und teilweise leider
außerordentlich dubiosen) Archiven und Bibliotheken des
Landes auf die Suche nach Vergessenem, Verschollenem –
kurz: nach allem Verfügbaren rund um das Thema ‚Bach'.
Und wir wurden fündig. So enthält dieses Kapitel nun
eine Reihe von geradezu sensationellen Neuentdeckungen
von Werken namhafter Schriftsteller, nach deren Lektüre
die Geschichte der deutschen Literatur sicherlich neu geschrieben werden muß. Aber wollen wir bescheiden bleiben: zumindest sollte man ab jetzt die eine oder andere
Koryphäe des Literaturbetriebs in einem leicht gedimmten
Licht betrachten...

Michael Kühne

Achim von Arnim & Clemens Brentano:
BACHLIED
(aus: »Des Knaben Wunderhorn«)

Fliegendes Blatt

Es floß in einem Tale
Ein Bächlein, klar und hell.
Ich sah's wohl viele Male,
Ich stand wohl oft am Quell.

Bei Tage sitze ich gerne
Daran auf einem Stein,
Und hör' das Bächlein rauschen
Im warmen Sonnenschein.

Doch seh ich es am Abend,
Wenn nur der Mond es bescheint,
Dann funkeln darinnen die Tränen,
Die einst mein Liebchen geweint.

Sie weinte viele Tränen,
Als ich sie dreimal schlug,
Und noch, als ich sie würgte,
Und noch, als ich sie begrub.

Ich liebe längst die Nächste;
Doch wenn der Mond nun scheint,
Dann denke ich der Tränen,
Die einst mein Liebchen geweint.

Michael Kühne

BACH-VITAL® AKUT 400

Beipackzettel

Zusammensetzung

100 ml BACH-vital® akut 400 enthalten:
95% nichtdestilliertes Wasser (aqua rinnsalis), 3% feste Bestandteile (Hölzer, Schlamm, Sedimentkies), unter 1% tierische Bestandteile (Fische, Frösche, Insekten), Spurenelemente und Cerealien.
Kann Spuren von Haselnüssen enthalten.

Darreichungsform

BACH-vital® akut 400 ist in allen Größen und Breiten verfügbar. Im Winter vereist.

Anwendungsgebiete

Innere Anwendung: Bei Durst und trockener Kehle trinken Sie BACH-vital® akut 400 dreimal täglich in kleinen Schlücken.
Äußere Anwendung: Zur Behandlung von Verbrennungen und Verschmutzungen halten sie die betroffenen Körperstellen mehrere Male kurz in BACH-vital® akut 400.

Gegenanzeigen

Wann dürfen Sie BACH-vital® akut 400 nicht anwenden?
Bei Überempfindlichkeit gegen Wasser (Aquaphobie) dürfen Sie BACH-vital® akut 400 nur nach Rücksprache mit Ihrem Arzt oder Apotheker anwenden.

Was müssen Sie in der Schwangerschaft und Stillzeit beachten?

Für ausgedehnte postnatale Spaziergänge ist BACH-vital® akut 400 sehr zu empfehlen, besonders bei schönem Wetter.

Was ist bei Kindern zu berücksichtigen?

Kinder sollten BACH-vital® akut 400 nur unter Aufsicht verwenden.

Säuglinge von BACH-vital® akut 400 fernhalten!

Was müssen Sie im Straßenverkehr beachten?

Regelmäßige Pausen, vorausfahrende Fahrzeuge, den Innenspiegel und die kleinen grünen Männchen mit den rotweißen Kellen.

Wechselwirkungen

BACH-vital® akut 400 wirkt bei innerer Anwendung verflüssigend.

Bei äußerer Anwendung besteht eine Gefahr der Durchnässung.

Nebenwirkungen

Bei zu hoher Dosierung kann in äußerst seltenen Fällen ein Völlegefühl auftreten.

Stand der Information

Iden des März.

Wir wünschen Ihnen gute Genesung und viel Freude mit BACH-vital® akut 400.

Axel Löber & Michael Kühne

Paul Gerhardt & August Harder:
»BACHGESANG«
(Auszüge)

699 ö

1. Mein Leib ist hier auf die - ser Welt,

auf daß er einst zu Staub zer - fällt,

in na - hen sel - gen Ta - gen;

bis die - ser Stund sing Lob ich viel,

und glaub recht an mein himm - lisch Ziel

und will nie - mals ver - za - gen,

und will nie - mals ver - za - gen.

2. Die Röslein huldgen Gottes Werk, / der reine Schnee ziert jeden Berg / und winters auch die Auen; / das zarte Rehlein weidet dort, / gar treu und bunt s cheint dieser Ort, / so wunderbar zu schauen, / so wunderbar zu schauen.

[...]

79. Das Bächlein fleußet sacht dahin, / und geht mir niemals aus dem Sinn / mit seinen reichen Fluten; / mein Nachbar züchtet Blumen groß, / aus stetig nassem Erdenschoß, / kein Arg tut er vermuten, / kein Arg tut er vermuten.

80. Doch leit ich bald das Wasser um, / um meines Garten Grund herum, / um diesen wohl zu gießen; / dem Nachbar bleibt kein Tropfen mehr, / das Blumenzüchten wird ihm schwer, / ach, soll er sich verdrießen, / ach, soll er sich verdrießen.

81. Allda er klagt vorm Reichsgericht, / schau ich ihm aufrecht ins Gesicht / mit großer Kraft und Stärke; / ich brenn ihm dann sein Häuslein ab, / und schaufle ihm ein kühles Grab, / zur Krönung meiner Werke, / zur Krönung meiner Werke.

82. Doch soll sein Grab nicht trostlos sein, / so leg ich ihm ein Sam hinein, / damit dort Blumen werden; / mit klarem Wasser aus dem Bach / nähr ich dann oft sein Ruhgemach / tief drunten in der Erden, / tief drunten in der Erden.

T : PAUL GERHARDT UM 1648
M : AUGUST HARDER NACH 1809

Michael Kühne

Andreas Gryphius:

AN DEN BACH

Was aber iſt der Bach? / ein ſinn=bild unſers Lebens /
  ein unentwegter Lauff in ſteinernem Geleyt
  zum vorbeſtimmten Ziel am ende unſrer Zeit /
und aller Menſchen thun und wollen iſt vergebens. /
Wer heute lebt und webt / und folgt den Söhnen Thebens /
  liegt morgen auff der Bahr in faalem Leichen=kleid /
  und bald vergeht und ſingkt zum ſtaub der ewigkeit /
was itzund ſtrahlend ſteht als beyſpiel unſres Strebens.
  Dieß lehrt uns denn der bach: / das Leben iſt ein Treiben /
  und hinterher wird nichts von unſerm Leben bleiben
und aller ruhm verblaſſt. / doch gilt das nicht für mich: /
  Auch wenn mein enkel=kind einſt ligt im todten=bette /
  kennt iederman gewiß des Gryphii Sonette /
ja eitel iſt die Welt / und gantz beſonders ich.

Axel Löber

Sebastian Haffner:

DIE SIEBEN TODSÜNDEN
DES DEUTSCHEN BACHES

Die prima causa, der erste Fehler, den der deutsche Bach begangen hat, war, sich einen derart unkomplizierten Namen zuzulegen. In einem Land, dessen Sprache komplizierteste Wortungetüme ermöglicht, ist das einsilbige „Bach" viel zu einfach. Einfach in dem Sinne, daß jeder, der des Deutschen selbst in nur fragmentarischer Form mächtig ist, diesen Begriff ohne Probleme verwenden kann. So würde beispielsweise wohl niemand auf den Gedanken verfallen, Lieder, Gedichte oder Kindergeschichten über „Schiffshebewerksaufsichtsbehörden" zu verfassen, weil jenes Wort schlicht zu lang und zu kompliziert für den reibungslosen Alltagsgebrauch ist. Ganz anders verhält es sich da mit „Bach": Das Wort besitzt ausreichend Kürze und Schlichtheit, um für jeden Deutschen problemfrei verwendbar zu sein. Dies beinhaltet natürlich, daß das Wort auch tatsächlich gebraucht wird – und das nicht immer zu seinem Vorteil, wie ein Blick auf seine unheilsame Geschichte beweist.

Das führt uns zur zweiten Todsünde: Der deutsche Bach hat eine allzu große Willfährigkeit bewiesen, was die Benutzung seines Namens anbelangt. Dies hat er nämlich getan. Zwar gilt das auch in positivem Sinne (man denke an den geschickten Schachzug, einer bedeutenden Komponistendynastie den Familiennamen zu leihen), in erster Linie jedoch zeigt sich die fatale Tendenz zur Prostitution an Volksmusikbarden (hier sei auf das abgrundtief schäbige „über jedes Bacherl geht a Brückerl" verwiesen) und Heimatdichter à la Herman Gedöns, die das a priori harmlose Gewässer zu einem schwülstigen Urquell deutschen Dumpf- und Brauchtums haben verkommen lassen. Was sich hier zeigt, ist ein eklatanter Mangel an Zivilcourage auf Seiten des Baches, sich dieser Entwicklung mit Mut entgegenzustellen. Dies aber entspricht wiederum dem Charakter vieler Deutscher selbst – ein Phänomen, das durch jahrelange Erziehung zu Obrigkeitshörigkeit, wie sie Heinrich Mann in seinem kongenialen »Untertan« beschrieben hat, entstanden sein dürfte.

Die dritte Todsünde schließlich entspringt der selben Quelle (was, wie alle meine Behauptungen, empirisch nicht verifizierbar ist) und muss daher nicht näher bezeichnet werden.

Die Todsünden vier und fünf sind mir entfallen, werden mir aber sicher rechtzeitig zur nächsten Publikation (London: Pretzel-Publishing, £13.99) wieder in den Sinn kommen.

Die sechste Todsünde existiert nicht (ich benötige sie jedoch, um auf insgesamt sieben zu kommen – denn sieben klingt um ein Vielfaches dramatischer als sechs).

Sie siebte Todsünde des deutschen Baches nun endlich hat dieser nicht selbst verschuldet, aber durch seine oben beschriebenen Unzulänglichkeiten überhaupt erst ermöglicht: Durch Zufall nämlich wurde der Bach zum zentralen Motiv für zwei erzreaktionäre Jungautoren, die davon ‚inspiriert' ein widerwärtiges Pamphlet publizierten, das in seiner unsäglichen Wirkung nur noch von Maos kleinem roten Buch übertroffen werden dürfte. Das Buch, von dem ich hier spreche (und das der Leser gewiß bereits einmal in seinen Händen gehalten hat), hat gewissenlos Hohn und Spott über die deutsche Literatur und ihre prominentesten Vertreter ausgeschüttet, sodaß heute nicht mehr ohne Bedenken von der Unschuld der deutschsprachigen Literatur gesprochen werden kann. Beinahe noch schlimmer aber sind diejenigen, die dies kritiklos hinnehmen und auch noch darüber lachen. Denn mit diesem Lachen bestätigen sie die „Autoren" in ihrem Tun und sorgen dafür, daß auch weiterhin Schmutz und Unrat wie das besagte Buch erscheinen wird. Und das gilt es zu verhindern.

Zusammenfassend kann man also sagen: Der deutsche Bach hat versagt. Er hat so gründlich und umfassend versagt, wie wohl kein anderes Gewässer in der europäischen Geschichte jemals versagt hat. Und das bleibt seine historische Schuld, die nicht geleugnet werden kann. Sie wird von den jetzigen und zukünftigen Generationen ein hohes Maß an Verantwortung einfordern. Weiterhin wird abzuwarten sein, wie ich selbst in einigen Jahren über dieses Thema urteilen werde.

Nachwort 1978

Dieser Aufsatz ist vor vielen Jahren entstanden. Manche Aussagen mögen inzwischen veraltet oder widerlegt worden sein. Insgesamt jedoch glaube ich, daß seine Lektüre auch heute noch lohnt. In meinen Augen hat er wie kein anderes Meisterwerk politischer Essayistik den Blick auf ein bedeutendes deutsches Schicksalsphänomen geschärft und dürfte schon jetzt zu den wichtigsten Beiträgen zur Welthistorie zählen.

In aller Bescheidenheit darf ich hinzufügen, daß ich stolz auf mich bin.

Michael Kühne

Martin Heidegger:
BACHSEIN IM SCHEIN SEINER ZEIT
(Fragment)

Protokoll einer Vorlesung zum Thema: „Versuch einer Terminologie des Bachseienden. Zur Analytik des Bach-Seins"

H e i d e g g e r : Wie wir gesehen haben, ist das Bachseiende das je Bachliche seiner Selbst im Spiegel seiner Bachexistenz. Anders ausgedrückt: Der Bach, vielmehr die Bach*existenz*, ist notwendiges Resultat der Bachbetrachtung der Betrachterinstanz. Die Bachheitlichkeit im *Bach*sein ist demnach verinnerlichte Bachheit auf der Seinsebene der Bachbetrachtung.

Z w i s c h e n f r a g e   e i n e s   S t u d e n t e n : Bedeutet das, daß die bachbedachte Innerlichkeit gleichzeitig die unverbachte Seinsebene seines Bachbetrachtens ist oder gar wahrnimmt, oder lediglich den Schein seines Bachseins, wiederum im Spiegel seiner Zeit und dessen des Bachbetrachters?

H e i d e g g e r : Nein. Bitte beachten sie bei ihren Überlegungen Astrophilus, der in seinem Traktat ‚vivere mecum' schrieb: „Nam vinum bibi, nunc tredecim salticos boves video." Das Bachsein ist also a priori je originäre Bachheitlichkeit des Baches. Die innere Bachlichkeit wie die verbachlichte Innerlichkeit der Bach*betrachter*existenz sind also im Kontext bachseiender Bachäußerlichkeit zu betrachten, oder genauer: Außerbachlichkeit bachzubetrachten.

Z w i s c h e n f r a g e   e i n e s   S t u d e n t e n : Und was is' mit den Fischen?

An dieser Stelle unterbrach Prof. Heidegger seine Vorlesung, verließ stumm und kopfschüttelnd den Seminarraum und nahm zwei Wochen unbezahlten Sonderurlaub.

gez. i.A. Protokollant

Michael Kühne

Friedrich Hölderlin:
AM BACH

Eben, lagernd am Bach, folgte mein Aug' dem Strom
   träumend, sehnsüchtig nach, zog mich mein Herz
                        hinfort
     zu den Ionischen Inseln
      mit den steinernen Zeugnissen

jener Zeit, die versank. Tempel der Götter stehn,
   noch, in stetem Verfall. Laß mich dich schauen, du
   Land Olympens. Noch heute
     fliegt mein Geist zu dir hin, zu sehn

das, was tief mich berührt: Schafskäse, Gyros auch,
   und natürlich den Wein; Weinlaub, gefüllt, zuvor,
   dazu frische Oliven.
     Zur Verdauung 'nen Ouzo noch,

oder, ganz nach Geschmack, einen Metaxa pur.
   Wenn ich sonntags dann hör, wie die Bouzouki spielt,
   kommt auch gleich die Erinn'rung.
     Dich zu lieben, machst du mir leicht,

Land der Griechen, zwar fern, mir aber immer nah.
   Ja, es stimmt, was man sagt: viel Phantasie hab ich,
   träum von griechischen Stränden,
     dabei lieg ich doch hier am Bach.

Michael Kühne

Ernst Jandl:
STROMSCHNELLEN

```
rrrrrrrrrrrrrrrrrrrrrrrrrrrrrrrrrrrrrrrrr
uuuuuuuuuuuuuuuuuuuuuuuuuuuu
hiiiiiiiiiiiiigffffffffffffffffffffffffffff
LIES
sssssssssssssssssssssssstdeeeeeeeeeeeeeeeeeerrrrrrbaaaaa
c ------------------------------- h
biiiiiiiiiiissssssssssssssz
uuuuuuuuud
eeeeeen
stromschnellenstromschellennstormschellenn
mostschnellernschnell    trom        ell
      stromschnell      nell      mo
            rost        hell        rot
         men      sch        nnell        str
s -------------- c ---------------- h
unnnnnnnnnnnnnnnnnnnnnnnnnnnnnnnnnn
dwwwwwwwwwwwwwweeeeeeeeeeeeeeeeee
it
eeeeeeeeeeeeeeeeeeeeeeeeeeeeeeeeeeeeerrrrr
rrrrrrrrrrrrrrrrrrrrrrrrrrrrrrrrrrrrrrrrrrrrrrr
iiiiiiiiiiiiiiiiiiiiiiiiiiiiiiiiiiiiiiiii
nnnnnnnnnnnnnnnn
smmmmmmm
eeeeeeee
r
```

95

Axel Löber

Ernst Jünger:
DER BACH 125
Ein Käfersammelerlebnis

Ich stieg vom feldgrauen Protzen herab und wurde sofort das ohrenbetäubende Tosen jenes Baches gewahr, der mächtig hinter einem gewaltigen Wall von tapfrer Soldatenhand mühevoll aufgeschichteter Sandsäcke dahinzog und in den Karten mit der seelenlosen Nummer 125 bezeichnet wurde. Das Land um mich herum gehörte zu den verwahrlosten Latifundien längst geflohener Einheimischer. Bewaffnet nur mit Pistole und Botanisiertrommel schlich ich durch das trichterfreie Niemandsland vor dem gigantischen Wall und erstürmte diesen ausgreifenden Schrittes.

Oben angekommen hielt ich für einen Moment inne. Der schauervolle Anblick des urzeitlich-germanischen Gewässers erfüllte mich mit großer Freude. Ich zündete mir mein Pfeifchen an und nahm aus meiner Feldflasche einen tiefen Schluck kräftigen Bieres nach guter alter Landsknechtsart. Erschauert vom ungeheuerlichen Walzwerk des Wasserlaufes begann ich meine Jagd. Noch war nichts zu sehen, der Feind hatte gute Deckung genommen.

Plötzlich stürzte ein bunter Schmetterling wie aus dem Nichts auf mich herab. Da ich keines meiner gefräßigen Flakgeschütze bei mir hatte, feuerte ich im Blutrausche meine treue Pistole rasch auf ihn ab, verfehlte diesen tollkühnen Flieger jedoch. Zwei, drei mal zog er seine wilden Kreise um meinen stahlbehelmten Kopf, dann verschwand er ebenso schnell, wie er erschienen war. Ich bewunderte seinen Mut, einen solch verwegenen Angriff auf mich zu wagen. Jetzt erst bemerkte ich, daß eine feindliche Biene mich gestochen haben mußte: Ich blutete stark am Oberarm. Hätte ich an diesem Tage nicht mein Hohenzollern-Rubbelemblem am Arm getragen, hätte diese Sache böse ausgehen können. Ich verband die klaffende Wunde und setzte meine Aktion fort.

Nach einigen Minuten wurde ich einen Maikäfer gewahr, der sich an einem grauenhaft umgerissenen Baumstamm vor meinen Blicken zu verstecken suchte. Genüßlich meine Pfeife schmauchend beschloß ich, ihn als Gefangenen zu nehmen. Vorsichtig, um mich nicht durch ein unbedachtes Geräusch zu verraten, nahm ich die Botanisiertrommel vom Koppel und öffnete behutsam ihren Deckel. Obwohl stark erregt, bewegte ich mich äußerst langsam vorwärts, um den Burschen nicht zu vertreiben. Noch wenige Zentimeter trennten mich von ihm, da erhob er sich plötzlich in einer pfeilschnellen Bewegung, flog auf mich zu, setzte sich auf meinen Pour le mérite und grinste mich mit einem Ausdruck an, der mich an die stiff upper lip eines schneidigen englischen Offiziers gemahnte, mit dem ich seinerzeit während einer Feuerpause vor Guillemont mehrere Pints geleert hatte und den ich später im Gefecht mit einem sauberen Schuß niederstreckte. In einer einzigen eisernen Bewegung umfaßte ich meine stählerne Botanisiertrommel, nahm all meine Spannkraft zusammen und stülpte sie gewaltsam über Orden und Käfer. Durch die Wucht der Bewegung setzte mein Herz aus. Ich rang um Atem und verlor das Bewußtsein.

Als ich wieder zu mir kam, war der Käfer verschwunden. Die Botanisiertrommel lag unbenutzt im Schlamme des vom Blute meiner Oberarmwunde getränkten Baches. Dieses Bild leidenschaftlichen Opfergeistes blieb mir noch lang im Herzen, bis weit hinein in erbärmlich langweilige, kriegslose Zeiten, die nichts zu bieten hatten als Besuche wohlgenährter Politiker.

Axel Löber

Franz Kafka:

AM BACH MIT DEM
DIREKTOR-STELLVERTRETER

(Fragmentarisches Kapitel aus »Der Proceß«)

An einem düstren Morgen erhielt K. Nachricht aus dem
Bureau, daß der Direktor-Stellvertreter ein vertrauliches
Gespräch an einem Bach – etwas außerhalb der Stadt –
mit ihm wünsche. K. wußte nicht recht was hiervon zu
halten sei, entschloß sich aber, den Direktor-Stellvertreter
durch ein Ausbleiben nicht in eine noch vorteilhaftere Position gelangen zu lassen. Er ließ sich daher ganz in die
Nähe des Baches chauffieren und gieng, da er bereits seit
längerem an einer eigentümlichen Verspannung litt, die
letzten Meter zu Fuß. In der Ferne erhob sich übrigens ein
kleiner Berg auf dessen Kuppe schwach die Lichter eines
Hauses zu erkennen waren. Da es aber an diesem Morgen
sehr neblig war, konnte K. nicht recht erkennen, ob es
sich dabei vielleicht um jenes Schloß handelte, von dem er
letztens in einem Roman gelesen hatte. Plötzlich bemerkte K. am andern Ufer eine Bank, auf der ein alter spitzbär-
tiger Mann saß, welcher ein schon etwas verschlissenes
eng anliegendes schwarzes Kleid und außerdem einen
Cylinderhut trug. Der Mann mußte ihn bereits eine ganze
Weile beobachtet haben und es war K. sehr unangenehm,
daß er ihm nicht gleich aufgefallen war. Überhaupt fühlte
sich K. recht unwohl an diesem kalten Ort, an dem es
übrigens auch besonders dunkel war. Unvermittelt öffnete
der Mann gegenüber seinen zahnlosen Mund und K. kam
es vor, als klaffe ihm eine große schwarze Wunde im Gesicht. „Sie sind spät" sagte der Mann. „Man hat Ihnen
doch eine Verfügung überstellt. Es ist für Ihren Proceß
nicht besonders förderlich, wenn Sie die Gerichtszeiten
nicht einhalten. So etwas kann bei den Beamten des Gerichts durchaus zu Mißstimmungen führen. Auch Ihren
Advokaten, meinen Freund Huld, wird das sicher nicht
sonderlich erfreuen." K. war überrascht, denn er hatte

nicht erwartet, daß das Gericht eine Einladung des Direktor-Stellvertreters vorschieben würde, um ihn einzubestellen. „Ich wußte nicht" wollte K. gerade ausführen, als er hinter seinem Rücken die Stimme des Direktor-Stellvertreters vernahm: „Sie wissen vieles nicht, Herr K." Der Angesprochene wandte sich erschrocken um. Er hatte auch den Direktor-Stellvertreter nicht bemerkt und sah sich nun von zwei Seiten bedrängt. „Oh" sagte K. unsicher „ich habe Sie gar nicht gesehen. Ich wußte auch nicht, daß Sie ein Angehöriger des Gerichts sind." Der Direktor-Stellvertreter lachte und K. kam es vor, als zwinkere er in das Dunkel eines großen Busches hinein, der sich direkt neben ihm befand. „Verstehen Sie Spaß?" fragte der Direktor-Stellvertreter, und noch bevor K. antworten konnte, gieng jener auf ihn zu, riß sich eine falsche Nase aus dem Gesicht und erklärte, daß er Felix heiße und sich K. nun im Lichtspieltheater befände. Dort (und hier zeigte er auf den Busch) sei eine Kamera versteckt. K. war zunächst recht begriffsstützig, besann sich dann aber. „Wie eine Berühmtheit!" sagte er, es war, als sollte die Scham ihn überleben. Anschließend wurde er von zahllosen Kameraleuten und Kabelträgern umringt, die

Michael Kühne

Gotthold Ephraim Lessing:
DER BACH UND DER BAUER
Eine Fabel

Ein Bauer, nachdem er sein Feld gepflügt hatte, trat an den Rain und rief dem vorbeifließenden Bache zu: „He, du Faulpelz. Den ganzen Tag liegst du in deinem Bett. Nimm dir ein Beispiel an mir, der ich jeden Morgen um fünf Uhr aufstehen muß!" Der Bach, indem er dachte: da hat der Bauer recht!, verließ sein Bett, überflutete die Felder und riß den Bauern mitsamt seinem Pflug davon.

Michael Kühne

Donna Leon:

BACHLEICHEN

Commissario Brunettis fünfundneunzigster Fall
(Auszug)

3

Nachdem Commissario Brunetti in der kleinen Trattoria
bei San Marco seine Spaghetti aglio e olio gegessen hatte,
machte er sich auf den Weg zu Luigi Bertolli. Er hatte gestern morgen die Leiche im Bach gefunden und sogleich
die Polizei informiert. Vielleicht war ihm noch irgend-
etwas eingefallen, etwas, das die Spurensicherung übersehen haben könnte.
Unterwegs dachte er nach. Vicequestore Patta, sein Vorgesetzter, würde ganz sicher toben vor Wut, wenn Brunetti ihm nicht bis zum Ende der Woche einen Verdäch-
tigen präsentieren würde. Das hatte aber wenig zu bedeuten, denn Patta würde immer toben, weil er kein
Mensch aus Fleisch und Blut war, sondern bloß die Pro-
jektionsfläche für alle Ängste darstellte, die ein kleiner
Polizist wie Brunetti seinem Chef gegenüber haben konnte. Vielleicht wüßte Brunettis Schwiegervater, der Conte,
mehr über die Familie Barilla, an deren Anwesen der Bach
grenzt, in dem gestern die Tote gefunden wurde. Brunetti
sah auf die Uhr, es war Viertel nach vier. Er seufzte. Er
dachte an Paola, seine Frau, die er so liebte, und mit der
er sich heute abend sicher wieder streiten würde. Manchmal verstand er selber nicht, warum sie sich stritten, es
waren sinnlose Reibereien, die offenbar zum Eheleben da-
zugehörten, die aber immer nach zweihundert Seiten ver-
flogen und vergessen waren. Dabei war er doch so ein
vorbildlicher Mensch. Der einzige saubere Polizist im ganzen versumpften, korrumpierten und mit der Mafia ver-
strickten italienischen Filzstiefel, so schien es jedenfalls.
Brunetti bog um eine Straßenecke, ging über die Rialto
und weiter in Richtung Norden. Wann würde er in diesem
Fall klar sehen? Wahrscheinlich würde Signorina Elettra

den Fall aus dem Hintergrund lösen, seine Sekretärin, seine Dea ex Schreib-Machina, die immer im passenden Moment mit jemand in der passenden Behörde schon lange befreundet war, der ihr sowieso noch einen Gefallen schuldete. Außerdem konnte sie in zwei Sekunden alle, buchstäblich alle Informationen aus ihrem Computer herausholen. Sie würde ihm auch diesmal aus der kriminalistischen Patsche helfen.

Nachdem er eine Viertelstunde am Canale entlanggegangen war, blieb Brunetti plötzlich stehen. Er wußte jetzt, wie er vorgehen mußte. Er sah sich um, und dachte: wo bin ich hier?...

Axel Löber

Thomas Mann:
DER AUSERWÄHLTE

Ein angenehmes, wohlerquickliches Gefühl, welches im Urgrunde seines nach Außen hin norddeutsch-spröden Wesens von je her einen vornehmlichen Platz einnahm – und damit sei zugleich mit fabulierlustig-ausgreifender Hand die um Jahrhunderte in den unergründlichen Brunnen der Geschichte hinabreichende Genealogie des hanseatischen Kaufmannsgeschlechtes angedeutet, dessen jüngster und einziger Sproß er war –, jenes Gefühl also beglückte ihn stets auf das Vorzüglichste, wenn er sich, wie an diesem recht eigentlich froststarren Morgen, die schwere Eichenholztüre seines Hauses öffnend die von dem nahen Gebirge herüberwehende Alpenluft entgegenschlagen ließ und, nachgerade einen Moment inne haltend, jenen olfaktorischen Hermes der einfachen, natürlich-kreatürlich geprägten, voralpinen Bergbauernexistenz (die freilich zu nicht geringen Teilen ins urzeitlich-unergründliche Menschentum der Hochgebirgsvölker hinüberreicht) auskostete, welcher sich vom urbanen Brodem der Stadt abhob, der sich ansonsten leichthin seinen Weg bis hier, zu seinem weitläufigen Grundstück, bahnte. Obwohl im Grunde wesensunverwandt, erinnerte ihn diese Bergluft, der sich stets das Arom der noch unberührten Gletscherseen beigemischt fand, doch an das von ihm innig geliebte Meer, welches, seiner mit backsteinernen Zinnen bekränzten Heimatstadt ehedem Ruhm und Reichtum verheißend, in den längst vergangenen Tagen seiner Jugend und Reife Ziel adoleszenter Sehnsüchte und Träumereien gewesen, denen er bisweilen noch heute – und dann stets in heiterer Gemütsverfassung – zurückgedachte.

An diesem Morgen nun – seine Gattin und die fünf Kinder befanden sich zusammen mit seinem Freunde Onroda auf einer Reise nach Stockholm, wo jener für seinen urteutsch-wagnerianischen Faustusroman geehrt werden sollte – verließ Professor Thomas Peeperkühn seine Villa

(er selbst bezeichnete sich, nachdem ihn wiederholte Um-
züge immer in die gleiche Art Haus bürgerlicher Architek-
tur und Umgebung geführt hatten, als notorischen Villen-
besitzer), um, mit dem fröhlich umhertollenden Baschaun
an seiner Seite, einen erfrischenden Morgenspaziergang
hinab an jenes verträumte Bächlein zu unternehmen, welches, zu seiner Freude von den Bewohnern des Viertels
noch weitgehend unentdeckt, hinter wucherndem Ge-
sträuch verborgen leis dahinplätscherte und mit nicht viel
geistigem Zutun ein kleines Idyll abzugeben vermochte.
Dorthin nun also führte ihn sein Weg; vorbei an einem im
Stil des Fin de siècle errichteten Lungensanatorium, in
dem sich, so las man, zumeist wundersame Philosophen
und russische Schönheiten aufhielten, vorbei an dem
grünlichen Haus eines bankerotten Sektfabrikanten aus
dem Rheingau und vorbei an der verwaisten und an einigen Stellen bereits überwucherten Villa des Dichters
von Aschenbech, der diese niemals hatte beziehen können (man munkelte, ein gewisser Kröger habe das Haus
aufgekauft und beabsichtige in den kommenden Monaten
seinen Sitz dort zu nehmen).
Peeperkühn wandte sich nun, da er die Kreuzung erreicht
hatte, von der aus die vierspurige Josephsstraße hinüber
ins Innere der Stadt wies, zur Rechten hin, wo er in einem
schmalen Schotterweg einbog, welcher ihn zu dem kleinen Bach-Idyll hinabführte.
   Ruhig war es dort, keines Zeitgenossen Sehnsucht zum
Wahren, Schönen und Guten hatte diesen am heutigen Tage zu einem Gang hier her verführt. Traulich-plätschernd
floß das kleine Gewässer, umsäumt von schroffem Ge-
stein, seines Weges, mäanderte sich durch das emporra-
gende wirre Wurzelwerk eines von Stürmen gefällten Rie-
sen und entschwand den Blicken des ob jenes wunder-
samen Naturschauspiels versunkenen Betrachters hinter
einem kleinen Hügel, auf dessen Kuppe ein längst um-
ranktes und vergessenes Denkmal thronte, welches man
einst aus dem Weimarer Garten des Geheimrates hier her
gebracht hatte und das von den Siegen des genialisch-ab-
scheulichen Korsen zeugte.
   Peeperkühn trat, den Weg mit seinem Schweizer Spa-
zierstock vortastend, hinab an das Wasser, an dessen
Rand sich längst Baschaun befand, der bereits bei der Ankunft an diesem Ort vorausgesprungen und, wild mit

seinem buschigen Schwanze wedelnd, sich in Richtung des Steines orientiert hatte, welcher inmitten des Baches emporragte und auf dem ein winziges Tier hockte, das ausschließlich aus Fell zu bestehen schien. Baschaun knurrte das Wesen kurz an, entschloß sich dann aber zur Beobachtung aus sichrer Distance, da er sich die Durchquerung des kühlen Nasses nicht zu getrauen schien.

Den Professor ergriff angesichts dieses unbeschwert-kreatürlichen Schauspiels ein inneres Schmunzeln, das ihn im Überschwang gar sein seidenes Einstecktuch herausziehen und tollkühn umherschwenken ließ. Sogleich etwas ermüdet ob dieses jugendlich-ausgelassenen Spaßes fuhr er sich, den amerikanischen Hut etwas zurechtrückend, mit dem Tuch über die Stirn, steckte es zurück an seinen angestammten Platz und setzte sich in die Hocke, um mit einer Hand voll kühlen Wassers sein Antlitz zu netzen. Mit einer leicht wippenden Bewegung beugte er sich vor und betrachtete das Gesicht, welches nun auf der gekräuselten Wasseroberfläche erschien.

Jenes Gesicht war von ausgewählter, erhabener Schönheit, die – begründet durch einen Anflug hanseatisch-bürgerlicher Aristokratie – eine edle, gar magische Gefühlswirksamkeit zu erzeugen vermochte, welche Peeperkühn sogleich ergriff und (zumal er als ein Manne sanften Gemütes galt) mit sich riß. Was er erblickte waren die formvollendeten, etwas zum Hageren neigenden Züge eines in großer Würde und Gesittung gereiften Mannes. Unter der hohen Stirne und den fein ziselierten Brauen lagen dunkle, intellektuell-lebenserfahrene Augen, welche die recht eigentlich große Nase – unter der er Zeit seines Lebens gelitten – wohlproportioniert überstanden. Darunter überdeckte ein offenbar mit großer Sorgfalt gepflegter Bart die Oberlippe des filigranen, sich kaum merklich schurzenden Mundes.

Dieses herrliche Bild nun also verschaffte sich Eingang in das Denken und Fühlen des Professors, der sich im selben Augenblick, da er seiner ansichtig wurde, der Weltalltäglichkeit enthoben und jenem unerhörten Gefühl zugetan fand, das mit seiner bloßen Nennung eine ganze Welt des Unvergleichlichen und Schönen hervorzurufen imstande ist; dem Gefühl der Liebe.

Jenes Gefühl machte ihn sogleich trunken; seine Gedanken zeitigten berauschte Wirrnis, und er begann im

Innern leichten Fußes umherzutanzen, ganz so, als sei er mit einem Male zurückversetzt in jugendliche Tage, in denen er mit seinem Cousin Joachim nach Italien gefahren war und dort mit Mario, einem Zauberer von halbseidener Erscheinung, dionysische Disputationsreigen gefeiert hatte.

Plötzlich jedoch hielt Peeperkühn in seinem imaginären Tanz inne, denn auf der anderen Seite des Baches gewahrte er einen langhaarigen Knaben von vielleicht vierzehn Jahren, der von so vollkommener Schönheit war, daß er glaubte, sich selbst in diesem Adonisbilde wiederzuerkennen. Der Jüngling hatte gerade in einer Bewegung, die Peeperkühn an die einer bekannten Statue erinnerte (er selbst besaß eine Kopie), seinen rechten Fuß entblößt und auf einen Stein gesetzt, um sich einen Splitter herauszuziehen. Der Professor – gewohnt, in seiner Bürgerexistenz Form, Spannkraft und Würde in jeder Situation zu wahren – warf mit einem Mal all seine kulturelle Veredelung beiseite und schlug sich sinnvergessen auf die Seite des wilden, ungezähmten Daseins, das er bislang im Künstlertum verortet gesehen und mit skeptischer Ironie betrachtet hatte.

Mit einem lauten Juchhe sprang er gewandt ins Wasser, dem Jüngling entgegen. Doch der Weg war weit und sein inzwischen ermüdeter Geist gab – erlahmt vom Ansturme all der Schönheit –, nach kurzem Widerstand nach. Peeperkühn sank inmitten des Baches in die Knie; er breitete, zu dem Jüngling hingewandt, die Arme aus, als wollte er ihn damit umfangen, und fiel plötzlich, wie gestoßen, nach vorn. Niemand eilte ihm zu Hilfe.

Einige Wochen später empfing eine gleichgültige Welt die Nachricht von seinem Tode.

Axel Löber

Christian Morgenstern:
DAS GEWÄSSER

Es fließt
ein Bach
von hier --

-- nach dort
u.s.w.
(Und so fort.)

Michael Kühne

Eugen Roth:

DIE AUSSÖHNUNG

Ein Mensch – das weiß, wer je zum Spaß
Mal Eugen Roths Gedichte las –
Hat Pech, was immer auch passiert,
Und ist grundsätzlich angeschmiert.
Zwar steht er beispielhaft für alle,
Doch tappt ja er nur in die Falle,
Die Roth dem anonymen Held
Mit jedem Vers aufs neue stellt.
Der Mensch beschwert sich kurzerhand
Bei dem, der einstmals ihn erfand,
Und fordert nun, in eigner Sache,
Daß einmal ihm Fortuna lache.
Der Autor macht es sich bequem
Und stellt ihn gleich vor das Problem,
Daß einen Bach er überquere
Ganz ohne Brücke oder Fähre.
Der Mensch stimmt zu, läuft an und springt –
Und siehe da, sein Sprung gelingt!
Er stürzt nicht in den Bach hinein,
Er bricht sich weder Arm noch Bein,
Er fällt nicht hin, er rutscht nicht aus
Und ist zum Abendbrot zuhaus.
Der gute Schluß, recht ungewöhnlich,
Stimmt nun den Menschen auch versöhnlich,
Und aller Ärger ist verzieh'n:
Der Mensch und Roth – sie sind sich grün.

Michael Kühne

Friedrich Schiller:

BARBAROSSAS TOD

Ein dramatisches Gedicht in fünf Aufzügen

PERSONEN

F r i e d r i c h   B a r b a r o s s a , *Kaiser des hl.*
     römischen Reiches
R a i n a l d   v o n   D a s s e l , *Kanzler des Kaisers*
E g m o n t , *Freund und Berater des Kaisers*
S e n i l i , *Astrologe des Kaisers*
K l e m e n s   I I I ., *Papst*
P ä p s t l i c h e r   G e s a n d t e r , *ein päpstlicher*
     Gesandter
F i d e l i u s   X I ., *Gegenpapst*
B e a t r i x   v o n   B u r g u n d , *Gattin des Kaisers*
E i n   S o l d a t
E i n e r
E i n   A n d e r e r
E i n   F r e m d e r
W a c h e n ,   Z o f e n ,   S ö l d n e r   u n d
s o n s t i g e s   V o l k

ERSTER AUFZUG

In der Burg des Kaisers. Rechts und links jeweils eine Tür,
vor der rechten eine Wache.

ERSTER AUFTRITT

Durch die linke Tür betritt der päpstliche
Gesandte die Szene.

W a c h e : Wohin des Weges, fremder Herr, wohin?
Ihr wißt recht gut, wo Ihr Euch hier befindet:
Dies ist des Kaisers Barbarossa Burg.
Nun also sprecht: was habt Ihr hier verloren?
Und faßt Euch kurz, ich bitt Euch, kurz und wahr.
G e s a n d t e r : Ich bin Legat, ein päpstlicher Gesandter;
Im Auftrag von Papst Klemens kam ich her,
Um eine Botschaft rasch zu überbringen.
Es drängt die Zeit, drum laßt mich schnell zum Kaiser,
Denn dies soll nicht mein einz'ger Botengang
Im Auftrag meins und Eures Papstes bleiben.
Nun also bringt mich gleich zu ihm.
W a c h e :   Halt, halt!
Nicht gleich so eifrig, junger Freund. Wer sagt mir,
Daß Ihr auch wirklich ein Legat des Papstes
Und nicht vielleicht ein Mörder seid, geworben,
Den Kaiser um sein Amt und um sein Leben
Zu bringen durch geheime Meucheltat?
Legitimiert Euch, fremder Herr!
G e s a n d t e r :   So seht
Hier diesen Siegelring des Papstes.
W a c h e *(indem er einen flüchtigen Blick auf den Ring*
wirft):   Ha!
Ein Ring, den jeder Goldschmied fähig wäre
Gleich nachzubilden? Der beweist nichts!
G e s a n d t e r :   Aber
Seht hier des Papstes eignen Rosenkranz.
W a c h e *(nach einem Blick auf den Rosenkranz)*:
Ein Rosenkranz, der kaum sich unterscheidet
Von dem, den ich besitze?
G e s a n d t e r :   Nun, so seht
Hier die Tiara, die der Papst mir gab

Als Zeichen meiner Legitimation. *(Setzt sie auf.)*
W a c h e : Ein eitler, bunter Hut, der Euch nicht paßt?
Der ist mir kein Garant und kein Beweis
Der Wahrheit Eurer Reden.
G e s a n d t e r *(eine Flasche Wein aus dem Busen zie-*
hend):   Nun, so seht
Die Flasche Meßwein.
W a c h e *(prüfend):*   Ah, das ist was anders.
Wo stammt der her?
G e s a n d t e r :   Der Wein ist aus Apulien.
W a c h e : Gewürztraminer?
G e s a n d t e r :   Nein, ein Portugieser,
Aus bester Lage, und ein edler Jahrgang.
W a c h e : Vom letzten Jahr wohl?
G e s a n d t e r *(vertraulich):*   Aus dem Jahr davor.
W a c h e *(nachdenkend):*
Elfhundertachtundachtz'ger Portugieser?
Ja, der genügt mir. *(Zum Gesandten.)*
                Geht nur gleich zum Kaiser.
(Weist auf die Tür hinter sich.)
Gleich frisch hinein. Doch halt! Der Wein bleibt hier!
Als Pfand für Euch, mir aber zum Pläsier.
(Gesandter ab durch die rechte Tür, Wache ab durch die
linke.)

ZWEITER AUFTRITT

Im Arbeitszimmer des Kaisers.

Barbarossa. Egmont. Dassel.

D a s s e l :
Der Papst hat Euch zum Kreuzzug einberufen?
B a r b a r o s s a :
Ja, ja. Und nun?
D a s s e l :   Ihr müßt dem Rufe folgen.
B a r b a r o s s a :
Ich muß?
D a s s e l : Ihr müßt!
B a r b a r o s s a :   Bestimmt?
D a s s e l :   Bestimmt!
B a r b a r o s s a :   Aha.

Und was, wenn ich nicht will?

D a s s e l :   So müßt Ihr doch,
Denn schließlich hat der Papst Euch ja gebeten.

B a r b a r o s s a :
Aha. Doch Egmont, was meint Ihr, mein Freund?

E g m o n t : Ich meine: ob Ihr niemals Lust bekommen?

D a s s e l :
Das heißt ‚bekommt', wenn ich mich recht erinn're.

E g m o n t : Du hast, o Fürst, zuerst mich angeredet,
Hast mich gefragt: es sei mir nun erlaubt,
Nach diesem raschen Redner auch zu sprechen.

B a r b a r o s s a :
Gewiß, mein Freund, da habt Ihr sicher recht.
Doch holt geschwind mir meinen Astrologen,
Auf daß wir auch noch seine Meinung hören.

D a s s e l :
Ich gehe gleich! *(Zu Egmont.)* Und Ihr?

E g m o n t :   Ich gehe mit.
(Dassel und Egmont ab zu verschiedenen Seiten.)

DRITTER AUFTRITT

Barbarossa allein.

B a r b a r o s s a *(unruhig auf- und abgehend)*:
Am liebsten ginge ich jetzt baden, doch
Der Staat geht vor. *(bleibt stehen)*
                        Allein, nun muß es reichen,
Denn leider zählt es nicht zu meinen Stärken,
Mir mehr als diesen Monolog zu merken!

VIERTER AUFTRITT

Der Vorige. Dassel. Senili.

B a r b a r o s s a : Mein Astrologe! O mein Freund Senili,
Ihr wißt, der Papst hat mich durch seinen Boten
Zur Hülf bei seinem Kreuzzug aufgefordert.
Doch ginge ich viel lieber endlich baden.
Nun ratet mir: was soll ich tun?

S e n i l i :   Mein Kaiser,

Die Sterne sind Euch augenblicklich hold,
Und Neptun steht im dritten Haus, das meint,
Ihr habt nun viel Erfolg mit Euren Plänen.
Doch solltet Ihr, das lehren uns die Dichter,
Nun Euer Glück nicht auf die Probe stellen.
Und – kurz und gut – ich rat Euch: bleibet hier.

B a r b a r o s s a :
Nun, warum nicht? Von Dassel, gebt Bescheid,
Man lasse gleich mir Wasser in die Wanne!

D a s s e l :
Mein Kaiser! So bedenkt Euch doch. Der Papst
Wird Eure Weigerung gewiß nicht dulden!
Und wollt Ihr einen neuerlichen Krieg
Riskieren in Italien? Bedenkt doch,
Wie schmählich Euch verließ der Löwenheinrich,
Als gen Legnano Ihr Euch wandtet!

B a r b a r o s s a :   Richtig,
Wir müssen jeden Streit mit Rom vermeiden.
Alsdann, so laßt uns gleich das Pferd beladen!

(Barbarossa und Dassel nach links ab.)

S e n i l i : Ich hoffe, Ihr geht unterwegs nicht baden!
(Geht ab.)

ZWEITER AUFZUG

Die Szene verwandelt sich in das Gemach der Kaiserin.

ERSTER AUFTRITT

Die Kaiserin sitzt im Morgenrock vor ihrer Frisier-
kommode; ihre Zofe ist ihr beim Ankleiden behilflich.

B e a t r i x : Man sagt, der Kaiser ist vom Papst berufen,
Im Kreuzzug gen Jerusalem zu ziehn.
Mir ist bewußt, daß du, daß unsre Diener
Oft viel mehr wissen, als man ihnen sagt.
Ja, lauscht nur, lauscht nur an verschloss'nen Türen,
Denn so nur wird mir alles offenbar,
Was Barbarossa plant. Er spricht zu mir,
Zu seinem eignen Eheweib, kaum mehr,
Als was ihm Anstand und Respekt gebieten.
Und was den Staat betrifft, so schweigt er völlig,
Und will und kann sich mir nicht anvertraun.
Doch kann denn ich, ein schwaches Weib, nicht auch
Mir eine Meinung bilden von den Dingen?
Sind die Gedanken, die ich denke, denn
So falsch, so wenig wert, sie anzuhören?
(Die Kaiserin hält kurz inne, um sich fertig anzukleiden.
Währenddessen schweben drei Knaben in einer fliegenden
Apparatur auf die Bühne.)
D i e   d r e i   K n a b e n *(singen)*:
Der zweite Akt ist Schiller nicht gelungen;
Er wird zu eurer Freude übersprungen.
(Die Szene verdunkelt sich, der Vorhang fällt.)

DRITTER AUFZUG

Lager der Kreuzritter in Kleinasien.
Verschiedene Zelte sind erkennbar. In der Mitte der
Bühne das Zelt Barbarossas, sichtlich das größte.

ERSTER AUFTRITT

Vor dem Zelt eine Wache wie zu Beginn des Dramas.
Von links tritt ein Soldat auf.

W a c h e : Wohin des Weges, fremder Herr, wohin?
  Ihr wißt recht gut, wo Ihr Euch hier befindet:
  Dies ist des Kaisers Barbarossa Zelt.
  Nun also sprecht: was habt Ihr hier verloren?
S o l d a t *(die Wache nachäffend)*:
  Und faßt Euch kurz, ich bitt Euch, kurz und wahr!
  Sagt, wißt Ihr keinen bessern Text zu sprechen?
W a c h e : Ich rat Euch: hütet lieber Eure Zunge!
S o l d a t : Nun, sei es, wie es sei. Die Söldner fragen,
  Wie lange wir in dieser Ödnis noch
  Auf das Signal zum Aufbruch warten sollen.
W a c h e : Die Frage müßt Ihr wohl dem Kaiser stellen.
S o l d a t : So laßt mich also gleich zu ihm, mein Freund.
W a c h e : Das geht nun nicht. Der Kaiser ist beschäftigt,
  Und sicher nicht gewillt, Euch zu empfangen.
B a r b a r o s s a *(im Zelt verborgen, brüllt)*:
  Nein, Dassel, nein! Ich will jetzt endlich baden!
(Soldat und Wache sehen sich einige Sekunden ungläubig
an.)
S o l d a t :
  Nun ja, mein Freund, es scheint mir wirklich besser,
  Wenn ich jetzt gehe.
W a c h e :   Ja, das scheint mir auch.
S o l d a t : Und schließlich hat im Grunde mein Gesuch
  Auch keine Eile.
W a c h e :   Nein, vermutlich nicht.
B a r b a r o s s a *(aus dem Zelt brüllend wie zuvor)*:
  Verdammtnochmal, von Dassel, laßt mich gehn!

S o l d a t *(betreten)*:
  Ich geh dann mal.
W a c h e :   Dann geht mal.
S o l d a t :   Wiedersehn!
(Soldat nach links ab.)

ZWEITER AUFTRITT

Barbarossa, Egmont und Dassel treten aus dem Zelt.
Die Wache bleibt stumm vor dem Zelt stehen.

B a r b a r o s s a :
  Nun, meine Herrn, sie kennen meine Pläne.
D a s s e l : Es wäre sicher besser, erst zu warten,
  Ob nicht der Papst Euch noch besuchen will.
B a r b a r o s s a :
  Und Egmont, was meint Ihr zu diesem Casus?
E g m o n t :
  Der Casus macht mich lachen.
D a s s e l :   Ei, wie heiter!
  Dann lacht doch!
B a r b a r o s s a :   Ach, von Dassel, seid nicht kindisch.
  Doch Egmont, ratet mir in meiner Lage.
  Was soll ich machen?
E g m o n t :   Was Ihr wollt.
B a r b a r o s s a :   Nun denn.
  Fürs erste will ich wieder in mein Zelt.
D a s s e l *(trotzig)*:
  Und dann wird Pizza Champignon bestellt!
(Barbarossa, Dassel und Egmont ab ins Zelt.)

DRITTER AUFTRITT

Wache vor dem Zelt. Ein Fremder tritt dazu.

W a c h e : Wohin des Weges, fremder Herr, wohin?
  Ihr wißt recht gut, wo Ihr Euch hier befindet:
  Dies ist des Zeltes Barbarossa Kai...
  Des Rosses Zelt. Des Kaisers Zelte Rösser.
  Verfluchtnocheins, wie ging den dieses Sprüchlein?
  Moment, mein Herr, ich hab's gleich! Ja, des Zeltes...

Des Kaisers Zelt!... Dem Kaiser... dem... dem Kaiser,
(Beiseite): Wie heißt der noch? Ach, ist ja auch egal!
(Zum Fremden):
  Wie dem auch sei, was habt Ihr hier verloren?
F r e m d e r : Ich bin, mein Herr, Versicherungsvertreter.
B a r b a r o s s a *(aus dem Zelt schreiend wie vorher)*:
  Ach ja, Herr Kaiser! Gut, daß ich Euch treffe!
(Die Szene verdunkelt sich.)

VIERTER AUFZUG

Landschaft in Kleinasien.
Im Hintergrund ist ein Bach erkennbar.

ERSTER AUFTRITT

Barbarossa tritt auf in Badebekleidung.

B a r b a r o s s a :
  Nun endlich will ich doch ein wenig schwimmen –
  Doch schnell! Mir scheint, es nahen viele Stimmen!
*(Er hüpft linkisch in Richtung des Baches von der Bühne.
Indessen zieht ein Chor von Straßenjungen in Soldaten-
manier auf.)*
K i n d e r *(singen)*:
  Wir ahnen schon: das Schwimmen ist gefährlich.
  Der vierte Akt ist deshalb auch entbehrlich.
(Die Kinder ziehen singend von der Bühne.)

FÜNFTER AUFZUG

Die Szene ist das Lager des dritten Aufzugs.

ERSTER AUFTRITT

Die Wache vor Barbarossas Zelt wie im dritten Aufzug.
Von rechts tritt Dassel auf, von links Egmont.

D a s s e l : O Egmont! Wißt Ihr, wo der Kaiser hinging?
    Wann saht Ihr ihn zuletzt? Was tat er da?
E g m o n t : Ich sah ihn heut' von fern: er hielt ein Buch
    Und eine Tafel, schrieb und ging und schrieb.
    Ein flüchtig Wort, das er mir gestern sagte,
    Schien mir sein Werk vollendet anzukünden.
D a s s e l : So ging er also unter die Poeten?
    Wieso hat er mir nie davon erzählt?
    Ich bitte Euch, berichtet, was er schreibt,
    Und gebt mir eine Probe seines Schaffens!
E g m o n t : Verzeih, ich kann nicht hohe Worte machen,
    Und wenn mich auch der ganze Kreis verhöhnt;
    Mein Pathos brächte dich gewiß zum Lachen,
    Hättst du dir nicht das Lachen abgewöhnt.
D a s s e l :
    Na gut, mein Freund, dann eben nicht. Doch seht!
    Es naht sich einer!

ZWEITER AUFTRITT

Einer. Die Vorigen.

E g m o n t :   Wer seid ihr? Was gibt's?
E i n e r *(mit einer leichten Verbeugung)*:
    Mein Herr, ich selbst bin Einer.
D a s s e l :   Nun, das seh' ich.
    Und wir sind zwei.
E i n e r :   Gewiß, doch ich bin Einer.
D a s s e l : Ach so, Ihr selbst seid einer!
(Macht, zu Egmont gewandt, die Scheibenwischergeste.)
        Das erklärt es!
    Und was habt Ihr uns wichtiges zu sagen?

Einer:
Vieledle Herrn, seht selbst: da kommt der Papst!

DRITTER AUFTRITT

Der Gegenpapst in giftgrünem Ornat. Die Vorigen.

Dassel: O heil'ger Vater! Welche Überraschung!
Wir ahnten nicht, Euch heute hier zu sehen.
Doch senken wir in Demut uns're Häupter,
Und fallen auf die Knie vor Eurem Glanze
Und Eurem hoffnungsgrünen Fürstenkleide.
(Dassel und Egmont verneigen sich.)
Fidelius:
Leev Lückcher, nit esu förmlich. Halt üch jrad!
Mr es als Papst jo och nor ene Minsch.
Dassel: Und was verschafft uns diese seltne Ehre?
Fidelius: Isch sööke ühre Kaiser.
Dassel: Nun, der Kaiser
Ist augenblicklich irgendwo verschollen.
Wir suchen ihn ja selber.
Einer: Aber seht.
Es naht sich dort ein Fremder.

VIERTER AUFTRITT

Der päpstliche Gesandte. Die Vorigen.

Gesandter: Meine Herren!
Ich komme, meinen Herrn Euch anzukünden:
Hier ist der Papst!
Dassel: Wie? Was? Schon wieder einer?
Einer: Nein, ich bin Einer!

FÜNFTER AUFTRITT

Der Papst in rotem Ornat. Die Vorigen.

Gesandter: Nun?
Egmont: Wer ist denn das?

K l e m e n s :
Ich bin der Papst!
D a s s e l :   Nun wird die Sache spannend.
Denn wer ist wohl der Wahre von den beiden?
K l e m e n s :
Natürlich ich! Das sieht man doch, ihr Herren!
F i d e l i u s : Natörlich isch, denn isch wor fröher he!
K l e m e n s : Natürlich ich, denn ich trag meinen Mantel.
F i d e l i u s : Isch trage doch dat selve Teil in jrön!
K l e m e n s : Ich habe aber einen Siegelring. *(sucht ihn)*
F i d e l i u s : Un isch han ävver su e Höötche. Luur ens!
(Er setzt einen Dreispitz, wie ihn Funkenmariechen tragen,
auf.)
K l e m e n s : Ich hab zu diesem Kreuzzug aufgerufen!
F i d e l i u s : Dat kann isch och, dat hätt jo nix ze sage!

K l e m e n s : Ich kenne aber Lukas 14, elf![*]
F i d e l i u s : Do kütt et ävver wirklisch nit drop aan!
K l e m e n s :
Und trotzdem weiß ich mehr!
D a s s e l :   Nun, meine Herren,
Das führt ja wohl zu nichts!
G e s a n d t e r :   Doch halt! Wer kommt da?
E g m o n t : Ein weißer Federbusch, wer ist das?

SECHSTER AUFTRITT

Ein Anderer. Die Vorigen.

E i n e r :   Ah,
Das ist ein Anderer!
E i n A n d e r e r :   Das stimmt, der bin ich.
E g m o n t : Ihr seid wohl seiner Vettern einer?
E i n A n d e r e r :   Nein,
Ich bin Ein Anderer!
D a s s e l :   Was soll das heißen?
E g m o n t : Mit solchem Rätselkram verschone mich!
Und kurz und gut, was soll's? Erkläre dich.
E i n A n d e r e r :
Ich heiße Franz Ein Anderer, ihr Herren!

---

[*] Er meint Johannes 14,11!

Fidelius:
Jetz weed mr manches klor!

Klemens: Mir auch!

Dassel: Mir auch!

Egmont:
Willkommen, Franz! Was bringst du mehr?

Einer: Was Gutes?

Ein Anderer:
Ich fürchte, nein! Der Kaiser ist ertrunken!

(Allgemeines Entsetzen.)

Egmont: Du sprichst ein großes Wort gelassen aus.

(Aus dem Zelt erscheinen nacheinander Senili, Beatrix, der Fremde und der Soldat. Das Folgende wird gleichzeitig gesprochen.)

Senili: Ich hab's gewußt! Ich hab's gewußt.
Als hätte ich es vorher nicht gesagt. Aber auf mich hört ja keiner. Ist ja mal wieder typisch!

Beatrix: Mein Mann! Tot! Tot? Ist's möglich?

(Bleibt schweigend stehen.)

Dassel: Und nun? Was soll nun aus uns werden? Jetzt, so ganz ohne Kaiser, ohne Anführer, macht doch auch der Kreuzzug wenig Sinn, oder sehe ich das irgendwie falsch? Hallo? He, was ist denn nun? Egmont! Was nun?

Klemens: Nun ja, dann habe ich hier nichts mehr verloren. Wo ist mein Gesandter? He, Bursche, komm her. Besorg mir mal eine Sänfte, ich habe schließlich noch was besseres zu tun, als hier in der Wüste dumm rumzustehen! Wird's bald?

Soldat: Ja, dann können wir ja wieder nach Hause gehen. Kennt einer den Weg nach Moguntiacum? Da soll's guten Wein geben!

Fidelius: Och nää, esu ene ärme Mann. Ävver, wat willste maache? Et Lävve jeit jo wigger. In diesem Sinne... maal et Joot! Bis die Tage.

Gesandter: Nix wie weg hier! *(Rennt von der Bühne.)*

Einer: Stimmt das? Na prima, jetzt haben wir den Salat. Und nun? So ein Mist, drecksverdammte Hgrrrrmmmmpffflll, das mußte mir ja passieren.

(Die Söldner laufen aus allen Richtungen über die Bühne.)

Ein Anderer: Was ist denn jetzt los? Hab ich was Falsches gesagt?

(Irrt ratlos umher.)

(Nach und nach gehen die oben Genannten in alle Rich-
tungen von der Bühne ab, bis nur noch Egmont und der
Fremde zurückbleiben.)
E g m o n t : Und ich weiß nicht, was ich sagen soll.
(Geht kopfschüttelnd ab.)
F r e m d e r *(ans Publikum gewandt)*:
    Nun wird es auf der Bühne immer leiser.
    Und damit endet schließlich unser Schwank:
    Im Jahr elfhundertneunzig starb der Kaiser,
    Als er beim Bad im Saleph-Fluß ertrank.
    Man wird einst lesen von des Kaisers Werken,
    Drum stelle ich sie Euch nicht nochmal dar.

    Von meiner Seite ist nur zu bemerken,
    Daß er erstaunlich gut versichert war...
(Indem er abgeht, fällt der Vorhang.)

SECHSTES KAPITEL

APPENDIX MAXIMUS

Apropos, hatten Sie nicht noch etwas auf der Zunge? Geben Sie nur alles von sich.

Leonce in Georg Büchners
»Leonce und Lena«

Der Schluß ist [...] der wesentliche Grund alles Wahren, und die Definition des Absoluten ist nunmehr, daß es der Schluß ist, oder als Satz diese Bestimmung ausgesprochen: ›Alles ist ein Schluß‹.

Georg Wilhelm Friedrich Hegel,
»Enzyklopädie der philosophischen
Wissenschaften im Grundrisse«

Und is sonst noch was?

Frau Dörr in Theodor Fontanes
»Irrungen und Wirrungen«

Nun, was soll denn das wieder bedeuten?

Taugenichts in Joseph von Eichendorffs
»Aus dem Leben eines Taugenichts«

Was?

Octavio in Friedrich Schillers
»Wallensteins Tod«

Bis hierher haben wir unser Bestes gegeben, der Ordnung unserer Dramen, Geschichten und Gedichte einen Anstrich von Logik, Kohärenz und Stringenz zu verpassen. Wir hoffen, Sie nahmen diese unsere Bemühungen mit einigem Wohlwollen zur Kenntnis. Im folgenden lassen wir gänzlich von diesem Vorgehen ab.

Dieses Kapitel versammelt all jene Texte, die sich in keines der übrigen spannungsfrei eingliedern lassen wollten, sei es aus inhaltlichen oder aus Gründen des Umfangs.

Da uns die Veröffentlichung jener Geschichten aber sehr wichtig war und wir nur äußerst ungern auf sie verzichtet hätten, entschlossen wir uns zur Einrichtung eines Sammelkapitels am Ende des Buches.

Na gut, um ehrlich zu sein: Wir wollten mit diesen Texten die Seitenzahl des Buches eklatant in die Höhe treiben. Und das scheint uns ja gelungen zu sein...

Axel Löber

GEBURTSTAG

Ohne zu übertreiben mag es gestattet sein
festzustellen, dass sich pro Umlauf der Erde um die Sonne milliardenfach der Beginn der Geschichte jährt.

Die Ansichten sind ja, wie im Kreise des illustren Men-
schengeschlechts nicht anders zu erwarten, in höchstem
Maße verschieden: So nimmt manch ein sonderbarer Art-
und Zeitgenosse entweder Reißaus vor seinem Geburtstag
oder ihn schlichtweg nicht zur Kenntnis.
Die Mehrheit aber fiebert diesem unaufhaltsam wieder-
kehrenden Datum entgegen, wird ihr doch bewusst, erneut dreihundertfünfundsechzigeinviertel Tage älter geworden zu sein.
Doch nicht selten sucht man, in bestimmten Kreisen mag
das von bestimmten Personen ›Verdrängung‹ genannt
werden, diese sporadisch wiederkehrende Ahnung von
der eigenen Vergänglichkeit mit einer rauschenden Festi-
vität in ausgewähltem (alternativ auch: heimischem) Am-
biente zu kaschieren. Das Resultat ist zumeist ein ge-
wisses mulmiges Gefühl, welches weniger durch das Um-
hergehen mit bedeutungsschwangeren Gedanken, als
durch übermäßigen Alkoholgenuss in Kooperation mit alten Waffenbrüdern verursacht wird.
Da werden vergangene Heldentaten aufgewärmt, laufende
in schillernden Farben ausgebreitet und zukünftige mit
ausgreifenden Gebärden phantasiert. Scheinbar beiläufig
(aber immer noch so laut, dass es jeder verstehen kann)
erwähnt man, dass eine Beförderung unmittelbar bevor-
stehe, was – ganz nebenbei – eine Katapultierung in zuvor
nicht für möglich gehaltene Gehaltssphären mit sich brin-
ge (vom dazugehörigen Prestigegewinn ganz zu schwei-
gen!) und im Übrigen dem eigenen unermüdlichen Leis-
tungswillen zu verdanken sei. Niemand in der hemds-
ärmlig-biertrunkenen Runde mag da nachstehen, und so
muss den unvermittelt Dazustoßenden das (allzu oft be-
schämende) Gefühl beschleichen, als einziger nicht jener

jungdynamisch-kosmopolitischen Erfolgselite anzugehö-
ren, die eingedenk ihrer ökonomisch (und, fragte man sie,
womöglich auch moralisch) legitimierten Überlegenheits-
gewissheit eine beneidenswerte Selbstsicherheit aus-
strahlt, obschon jedermann, sofern er nicht mit er-
schreckender Naivität geschlagen ist, die Abgründe hinter
der Fassade seines Gegenüber zu ahnen vermag.

Man löst sich und schlendert, eine Hand betont lässig in
der Hosentasche, langsam durch die skandinavisch möb-
lierten Räume der großzügigen Wohnung, grüßt freund-
lich den Vorgesetzten, den man noch nie hat leiden können, auf dessen wohlwollendes Verhalten man aber unbedingt angewiesen ist, wenn es mit der eigentlich schon
längst überfälligen Beförderung überhaupt noch etwas
werden soll, und sucht, da man sich in leicht eupho-
risierter Stimmung befindet, eine vielversprechende Ge-
sprächsrunde.

Schnell hat man sich ebendort in Rage geredet, imponiert
der attraktiven, wenn auch etwas einfältigen Begleitung
des Vorgesetzten mit seinem aus Zeitschriften und Fern-
sehsendungen zusammengeklaubten Halbwissen über
den Surrealismus, überlegt, ob man sie unverschämter-
weise zum Essen einladen soll, lässt es dann aber lieber
bleiben und trinkt angesichts seines eigenen, nachgerade
offen zu Tage tretenden Opportunismus ein klein wenig
mehr als man eigentlich verträgt.

Aber irgendwann im Verlaufe des Jubeltages hält man
denn doch, wenn man großes Glück hat, vielleicht auch
gar nicht, inne, für einen kurzen Moment nur, andauernd
für den Bruchteil eines Wimpernschlags, wird still, sieht
Kindheit, Jugend, überhaupt alles vor sich und fragt:
Warum?

Man weiß es nicht und denkt: Auch egal – schließlich wird
man ja noch genügend Zeit haben, es herauszufinden (die
eine Zigarette, die man gerade raucht, wird schon nicht so
schlimm sein).

Man lacht über den anzüglichen Witz eines eigentlich ver-
hassten (da schon längst beförderten) Kollegen, isst ein
Stück bittersüße Torte und dabei wird klar, dass vieles eigentlich noch weitaus schlimmer hätte kommen können
und man bis hier her, im Vergleich zu anderen die man
kennt, doch mächtig Schwein gehabt hat im Leben. –

Michael Kühne

DAS SONNTAGSKONZERT
IN DER KONFERENZ

Guten Morgen, meine Damen und Herren, hier meldet sich Peter Hüttenkämper aus dem Kurpark zu Neunkirchen-Vluyn, wo am heutigen Sonntag die Partie Liszt Klavierkonzert Nr.1 Es-Dur gegen Brahms Symphonie Nr.3 auf dem Spielplan steht; die Brahms-Symphonie heute in einem erfrischenden F-Dur, und soeben hat der Unparteiische am Dirigentenpult den Taktstock gehoben, damit ist das Spiel eröffnet, und da preschen die Violinen auch schon nach vorne, werden aber von einer Trillerkette in den Klarinetten abgeblockt, diese werfen das Motiv den Oboen zu, sauber aufgenommen, und wieder zurück zu den Klarinetten im schnellen Lauf, doch da ergreifen die Hörner das Wort, das klingt mir aber doch jetzt sehr nach Mahler, und der Unparteiische... er läßt das Spiel weiterlaufen, ungewöhnlich, aber nun fährt der Pianist den Blechbläsern in die Parade, ja, und auch die Bässe haben da noch ein As im Resonanzkörper, wenn nicht ein Gis, sauber ausgebremst mit einem Largo affetuoso, und auch Generalmusikdirektor Heinz Brandner am Triangel versucht nun, Ruhe ins Spiel zu bringen, wird aber von den Querflöten ausgepfiffen, und was höre ich da vom Pianisten? das ist Beethoven, ja ganz eindeutig, Beethoven – stocktaub aber todgut –, doch der Mann in schwarz zeigt dem Tastenvirtuosen das gelbe Notenblatt und schickt ihn auf die Orgelbank, und widerwillig räumt der Flügelstürmer seinen Platz, hämisch begleitet von Pauken und Trompeten.
Das Liszt-Klavierkonzert damit in Unterzahl, spannend, sehr spannend, doch nun vielleicht die Chance für die Celli, endlich richtig ins Spiel zu kommen, allerdings auch auf der Gegenseite große Spielfreude bei den Harfen, wie sie sich die Glissandi zuwerfen, ist eine wahre Freude, und nun mischen sich auch die Posaunen ein, ja, das hört sich gut an, doch da hebt jemand ab mit einem großen Melodiebogen, ja, das sind... die Flügelhörner, natürlich, Metronomen est omen, weiter zum Xylophon, das ist

damit aber überfordert, das erinnert jetzt doch etwas an Circus Renz, naja, aber schon haben die Bratschen das Thema aufgenommen, umspielen geschickt die halben Noten, schnell abgegeben an die zweiten Violinen, doch die sind völlig überrascht und das Motiv landet im Orchestergraben.

Jetzt ist offensichtlich auch den Holzbläsern nicht mehr nach Terzen zumute, und die allgemeine Unruhe nutzt nun der Konzertmeister, spielt locker nach vorne mit dem großen C, ja, der Mann will auch hier die erste Geige spielen, ganz klar,...

...doch aus dem Hintergrund müßte Brahms spielen... und Brahms spielt und... – Chor!!! Chor!!

Damit führen die Symphoniker knapp, und mit diesem Zwischenstand gehen wir in die Generalpause.

Michael Kühne

ZUR BISLANG VON MIR
NICHT ENTDECKTEN DOPPELDEUTIGKEIT
EINES ALLTÄGLICHEN BEGRIFFES

Ein Schneemann ward in einer Nacht
Zum Opfer einer Schneeballschlacht.

Der Werfer formte ganz bequem
Den Ball um einen Kern aus Lehm.

Beim Wurf merkt' er, daß kurz zuvor
Der Ball an Konsistenz verlor:

Der Schnee in seiner Hand zerfloß –
Den Schneemann traf... das Erdgeschoß.

Axel Löber

ANGRIFF DER KLON-WEIBCHEN

Das Sommersemester liegt in seinen ersten Zügen –
oder besser gesagt: es hat noch nicht einmal richtig begonnen –, da bin ich mit meinem überaus knapp bemessenen Nervenreservoir auch fast schon am Ende. Der
Grund: Auf dem nicht eben kleinen Parkplatz der
Universität ist keine einzige noch so kleine Lücke zu finden, in der ich meinen Personenkraftwagen urschwäbi-
schen Geblüts für die nächsten Stunden in Würde wert-
verlustieren lassen kann, weil SIE (Plural) dort ihre ach so
putzigen Polos, Puntos, Clios, Corsas und ganz besonders.
ihre (von Papa finanzierten) New Beetles und Minis par-
ken mussten – am besten noch auf zwei Parkflächen, damit man auf beiden Seiten genügend Platz zum Aus-
steigen und Handtaschenschwingen hat.
So lenke ich, nachdem ich das weitläufige Areal unter
Missachtung sämtlicher Verkehrsvorschriften mehrmals
umrundet habe, mein gusseisernes Automobil nonchalant
auf den letzten frei gebliebenen Behindertenparkplatz,
lege meinen Behindertenausweis (den ich übrigens einem
noch recht rüstigen Heimbewohner während meines Zivil-
dienstes entwendet habe) hinter die insektenleichenüber-
säte Frontscheibe und begebe mich auf den Weg zu Hörsaal vier, wo ich heute morgen taxieren möchte, was Professor XY in diesem Semester wieder phrasenreich zu
dilettieren plant.
Natürlich habe ich – naiv wie eh und je – nicht in meinen
Zeitplan einkalkuliert, dass SIE (wiederum Plural) meinen
kleinen semi-sportiven Fußmarsch zu einem geradezu ins
Existenzialistische hinübergreifenden Spießroutenlauf
avancieren lassen. SIE, das sind unzählige Studentinnen,
in ihrer Mehrzahl der Gilde der Erstsemester angehörig,
die sich alle darin unterscheiden, dass sie sich eben
n i c h t unterscheiden: Sie tragen alle die selben Tops
(bauchfrei) und die selben Hosen (hinternfrei), die selben
Frisuren (hirnfrei), die selben Sonnenbrillen (teuer), die
selben Schuhe (noch teurer), die selben Handtaschen
(trendy), ja sogar die selben dummdreisten Abiturien-

tinnengesichter, denen man, obschon sie mit gut und ungern fünfeinhalb Kubikmetern Schminke, Abdeckpaste und Fugenkitt bekleistert sind, ansehen kann, dass sie auf Lehramt studieren. Wahrscheinlich Deutsch und Englisch, weil man Deutsch ja sowieso kann [sic!] und außerdem ein Jahr in den „Staaten" war, wo man gelernt hat, dass die Cola dort Coke heißt. Vielleicht auch Psychologie, weil das so wahnsinnig interessant klingt, oder aber Kunstpädagogik, weil man sich da so prima selbst verwirklichen kann – sprich: zu blöde für alles andere ist.

Da stehen sie nun in kichernden Grüppchen in der Gegend herum, recken ihre gepiercten Rotznasen eine Idee zu hoch in die reclamgeschwängerte Bildungslandschaft und haben eine Zigarette zwischen ihre bulimiereduzierten Fingerfragmente geklemmt. Eine Gruppe blockiert den Getränkeautomaten, eine andere den Remittenden-Wühltisch des Buchladens – ich denke mir, dass diese Klon-Weibchen Bücher wohl sowieso nur in Form von Telefonbüchern sowie der Bunten kennen, aber das ist bestimmt nur ein Klischee. Gereizt sperre ich mich in einer Herrentoilette ein und verwüste dieselbe.

Meine Uhr zeigt inzwischen zehn nach zehn und ich stolpere benommen zum Hörsaal numéro quatre, wo die Vorlesung in wenigen Minuten beginnen soll. Davon ging offenkundig auch der ungeschlacht gewandete Professor aus, den ich vor der Eingangstüre treffe, und der sich verzweifelt einen Weg durch die im Raum zusammengepferchte Weibchenherde zu bahnen versucht. Unter Gebrauch meines mitgebrachten Schirmes schlage auch ich mir eine Schneise hindurch und ergattere sogar einen Klappsitz in der dritten Reihe, indem ich dem dort herumvegetierenden Schandfleck seiner Familie vorlüge, ich sei ein wissenschaftlicher Mitarbeiter des Instituts und dieser Platz für ebensolche reserviert.

Die Vorlesung wird vom sichtlich hilflosen Dozenten – ein Bruder im Geiste – nach knapp einer Stunde beendet, und alle verlassen fluchtartig den inzwischen subtropisch klimatisierten Raum, an dessen Decke sich bereits vereinzelt Wölkchen gebildet haben, aus denen ein leichter Nieselregen hernieder geht.

Draußen entdecke ich frustriert, dass die Klon-Weibchen inzwischen den Kaffeeautomaten entdeckt und seinen Gebrauch erlernt haben, und nun allesamt mit einer Gesinnungstasse Café Latte in der Hand geräuschvoll umherstöckeln.

Da ich mittlerweile ein leichtes Hungergefühl verspüre, wage ich mich auf den langen und – wie zu vermuten steht – gefahrvollen Weg zur Mensa. Vor dem niedrigen Speisesaalgebäude ist es bereits zu dem von mir befürchteten Massenaufmarsch gekommen. Ich sehe gerade noch, wie ein befreundeter Kommilitone unter herzzerreißenden Hilfeschreien niedergetrampelt wird; von ihm bleibt lediglich seine schwarze Ledertasche übrig, die ich aufhebe, um sie zu einem späteren Zeitpunkt der trauernden Familie zu übergeben. Drinnen erinnert es an Gröfazens Reichskanzlei im Frühsommer 1945; ein verstörter Koch hockt in einer Ecke und betet kichernd einen Rosenkranz. Das Ausmaß der Verwüstung brächte sogar ›Mister Universalexperte‹ Peter Scholl-Latour zum Weinen.

In diesem Moment gebe ich auf. Ich kann nicht mehr. Angesichts dieser überwältigenden Urgewalt muss mein Bemühen zum Scheitern verurteilt sein. Ich habe es auf friedlichem Wege versucht – aber umsonst. Jetzt ist damit Schluss, jetzt werden andere Saiten aufgezogen. Ich gehe gesenkten Hauptes zu meinem Wagen, fahre zur Bank und hebe mein gesamtes Vermögen ab. Anschließend begebe ich mich zu einer nahgelegenen Kaserne, werfe mich weinend einem großväterlich dreinblickenden Oberst in die Arme und klage ihm mein Leid. Er scheint zu verstehen und überreicht mir, nachdem ich ihm mein Geld in die Hände gedrückt habe, den Schlüssel eines alten, aber immer noch fahrbereiten Panzers. Ich danke ihm von Herzen, klettere in das enge, aber weibchenfreie Gefährt und rolle langsam in Richtung Universität...

Axel Löber

GESPRÄCH ZWEIER JUNGER MÜTTER
Ein szenischer Dialog

PROLOG

Der sechsundsiebzigste Geburtstag von Tante Louise wird gefeiert. Es ist später Nachmittag; die üppige Kuchentafel hat sich geleert und nun sitzen neben einigen Altersgenossinnen der Jubilarin, die sich ihre Krankheitsgeschichten erzählen, nur noch zwei junge Mütter am Tisch. Beide sind Anfang Dreißig, haben kurzgeschnittenes, dunkelrot gefärbtes Haar, sind dezent geschminkt, tragen überlange Holzohrringe und pastellfarbene Kleidung aus naturbelassenen Stoffen. Ihre hageren Gesichter zeugen von einer miteinander geteilten Ahnung um die Schrecken in der Welt; vielleicht haben sie bis vor wenigen Jahren Sozialpädagogik (oder Kunstgeschichte) studiert. Die Beine spitz übereinandergeschlagen, leicht vorgebeugt und ein halbvolles Glas französischen Weißweines lässig mit den Fingerspitzen wippend, sitzen sie auf dem vorderen Rand der Stühle, unterhalten sich engagiert und werfen von Zeit zu Zeit einen Blick nach ihren blondgelockten Töchtern, welche mit Stimmbändern gesegnet sind, die bei jeder Benutzung glockenhelle, aber ins Mark fahrende Töne erzeugen. Die Kinder toben im Hintergrund durch die Wohnung und werden von den übrigen im Raum anwesenden Personen mit skeptisch-angestrengten Blicken bedacht, die gelegentlich auch vor den jungen Müttern nicht Halt machen.

Junge Mutter 1: *(Nach hinten; wie auch* Junge Mutter 2 *immer dann mit schriller Stimme, wenn sie mit ihrer Tochter spricht.)* Sophia! ... Sophiiiaaa! Na-hein! Wir machen keine Gläser kaputt! Keine Gläser kaputtmachen, Sophia! ... Danke Sophia! *(Sich wieder nach vorne wendend.)* Ja, aber natürlich, in Italien lebt es sich viel besser als hier, in der Toskana sowieso. Da ist die Mentalität schon eine ganz andere. Und das Öl! Also das Olivenöl! Ich sage dir, immer wenn mein Mann und

133

ich unten sind, dann nehmen wir gleich ein paar Liter
mit. Das tut uns ja sooo gut. Das ist wirklich nicht zu
glauben, was für einen Unterschied das macht zu dem
Zeug, was die Leute hier so kaufen.

J u n g e   M u t t e r   2 : Ein riesiger Unterschied, klar.

J u n g e   M u t t e r   1 : Natürlich – ja auch rein vom Ge-
schmacklichen her. Das macht unheimlich viel aus.
Wenn ich uns wieder meinen griechischen Bauernsalat
mache, mit Schafskäse und so, also der schmeckt da ja
gleich ganz anders. Gar nicht zu vergleichen. Und
waaaahnsinnig gesund ist das ja auch! Die Italiener da
in der Toskana werden ja sowieso viel älter als die Leute hier. *(Die älteren Damen am anderen Ende des Ti-
sches schauen pikiert auf ihre faltigen Hände, mit denen
sie die Tischdecke vor sich glatt zu streichen versuchen.)*
Das liegt nur am Klima und am Olivenöl.

J u n g e   M u t t e r   2 : Und am Wein. Der Wein da – –
(nach hinten) – Annaleeena! Bitte nicht am Vorhang reißen! Bitte Annalena, der geht doch ganz kaputt davon!
Annalena! Hör' doch bitte auf damit! ...Dankeschööön!
(Wieder nach vorn.) Ja – also der Wein, der ist ja sowieso
so gesund. Ein Freund von uns ist Proktologe und der
sagt das auch. Jeden Tag ein Gläschen Rotwein ist
nämlich gut für den Kreislauf. Der Chianti schon gar.
Stand neulich auch in der ,Freundin'.

J u n g e   M u t t e r   1 : *(Schwärmerisch.)* Also wir haben
da unten so einen kleinen Winzer, da fahren wir immer
hin und nehmen gleich zwei, drei Kartons mit. Ich kann
dir sagen: Ein-ma-lig.

J u n g e   M u t t e r   2 : Ja, klar, das kann ich mir vorstellen. Wir kaufen hier ja auch das Meiste direkt beim
Bauern – Wurst kann man ja eh nicht mehr essen – dafür halt viel Gemüse und Obst.

J u n g e   M u t t e r   1 : Und gar nicht mal teuer. Drei,
vier Euro – das ist schon in Ordnung. Hier zahlst du
mehr. Und vor allem weißt du hier nie, ob der Wein
gespritzt ist oder so was in der Art; da unten sieht
man's ja. Also der wo wir kaufen trinkt den ja selbst, da
wird er ja nicht spritzen.

J u n g e   M u t t e r   2 : Nein, natürlich nicht. Das machen
ja eh nur die Franzosen, weil die nur aufs Geld aus sind
und denken, dass die Deutschen das doch nicht merken.

J u n g e M u t t e r 1 : Ach, die Deutschen spritzen doch auch, weil's mit dem Klima nicht so ist. Der Deutsche Wein ist mir auch sowieso zu sauer, ich mag das nicht so gern. Ich bleib lieber beim Italiener. – *(Nach hinten.)* Sophiaaa! Lass' doch bitte die Vase da stehen und nimm nicht die Blumen raus! Sophia! Dann steck' sie doch bitte wieder in die Vase rein! Bitte, Sophia, steck' die Blumen wieder in die Vase! In die Vase, Sophia! Und lass' dir von Tante Louise ein Tuch geben und wisch' damit das Wasser von den Büchern und vom Fernseher ab! Bitte Sophia! Danke!

J u n g e M u t t e r 2 : Ja das Klima hier ist wirklich nicht so toll. Das hängt einem richtig in den Knochen, gerade jetzt, wo's schon wieder Herbst wird. Deshalb fahren wir ja auch immer in den Süden. Früher, als die Kleine noch nicht da war, da sind wir öfters auch mal übers Wochenende nach Venedig gefahren, oder nach Mailand, einfach nur mal so, um mal einen richtig ordentlichen Capuccino zu trinken. So was kriegst du hier ja gar nicht.

(Pause.)

Letztes Jahr sind wir ja in der Tschechei gewesen. Du stellst dir ja nicht vor, wie arm da alles ist. Die Leute auf dem Land leben ja noch wie hier vor hundert Jahren. Schlimm – ganz besonders für die Kinder. Und das gehört ja jetzt zu Europa. *(Dünkelhaft.)* Siehst du, mein Mann sagt, das kann ja mit Europa nichts werden, wenn so Länder dabei sind. Unsereins zahlt Millionen und wo landet das ganze Geld? Bei irgend einem Politiker da in so einem Land hinterm Ural. Was die damit machen, kann man sich ja vorstellen. Die armen Leute und die Kinder sehen da nie was von. Das kann nichts werden.

J u n g e M u t t e r 1 : Ach weißt du, für Politik interessiere ich mich nicht so. Die Politiker sind eh alle überbezahlt. Was die verdienen! Und arbeiten tun die doch auch nichts; das sieht man ja immer im Frühstücksfernsehen. – – *(Nach hinten.)* Sophia, stell' die Lampe bitte wieder hin! Danke Sophia, das hast du fein gemacht! Pass' aber auf, dass du dich nicht an den Scherben schneidest! Du passt schön auf – gell, Sophia?

(Pause.)

Ja, wir haben grad' viel Arbeit mit dem Haus. Also die Handwerker – furchtbar! Überall Dreck; ich bin ja nur noch am Wischen. Meine Hände sind schon ganz rissig davon. Ich bin ja nur noch am Eincremen ... Und für jede Kleinigkeit musst Du ja jemanden kommen lassen. Wir können schließlich nicht alles selbst machen, besonders seit der Robert das mit den Bandscheiben hat.

J u n g e   M u t t e r   2 : Ja, ja – kann ich mir vorstellen.

J u n g e   M u t t e r   1 : Und ich habe ja den ganzen Tag die Kleine, die hält einen ganz schön auf Trab. *(Lacht.)*

J u n g e   M u t t e r   2 : *(Nach hinten.)* Annalena! Nicht die Katze ärgern! Du willst doch auch nicht, dass man das mit dir macht! *(Scharf.)* Annalena! Keinen Senf auf die Katze schmieren – das macht man nicht! Der gute Senf! *(Wieder nach vorn.)*
Ja, das ist Stress pur, wenn man baut. Wir haben uns das ja auch überlegt, ich meine, finanziell wär's kein Problem für uns, Udo ist ja gerade erst Abteilungsleiter geworden, aber wir bleiben doch lieber bei seinen Eltern wohnen. Ich meine, so einen großen Garten ums Haus kriegst du sonst fast nirgendwo; für die Kleine ist das ja ganz toll. Und Ausländer wohnen auch nicht in der Nähe. Ist doch so – egal wo man hinzieht, wohnen ja überall Aussiedler und Türken und Albaner mit Kopftüchern, da kann man die Kinder gar nicht alleine zum Spielplatz gehen lassen, ohne wer weiß was für Angst auszustehen, dass ihnen was passiert. Man liest das ja andauernd, dass kleine Kinder entführt werden und so.

J u n g e   M u t t e r   1 : *(Betroffen.)* Schlimm.

J u n g e   M u t t e r   2 : Ganz schlimm. Da fragt man sich wirklich, in was für einer Welt wir eigentlich leben... Aber das liegt ja daran, dass die alle eine schlimme Kindheit hatten – wo sich die Eltern nicht um sie kümmern. Und dann der Islam. Furchtbar. Also dass da der Staat nicht eingreift ... Da haben es unsere richtig gut dagegen. – – – *(Nach hinten.)* Annaleeenaaa! Lass' sofort Sophia los!

J u n g e   M u t t e r   1 : *(Nach hinten; fast gleichzeitig.)* Hört bitte auf, ihr zwei! Aufhören, habe ich gesagt! Hier wird nicht gestritten! Tante Louise hat heute Geburtstag, da sind wir fried-lich!

Junge Mutter 2: Ihr habt es gehört – und jetzt geht bitte auseinander und holt euch in der Küche ein schönes Glas Saft!

Junge Mutter 1: *(Wieder nach vorn.)* Ja, das hätte man vorher gar nicht geglaubt, was da mit den Kindern auf einen zu kommt. Robert hilft ja mit wo er kann, aber wenn ich nur mal zwei Stunden weg bin, dann bricht Zuhause das Chaos aus. Arbeiten gehen ist ja eine Sache, aber so ein Kind...

Junge Mutter 2: *(lacht)* So ist das halt mit den Männern, vorher große Töne, aber dann sind sie doch völlig überfordert ... Nein, ich muss aber sagen: mein Udo ist ganz anders. Der kümmert sich wirklich um die Kleine, ohne dass ich ihn lange drum bitten muss. Als neulich mal die Spülmaschine kaputt war, hat er sogar den Abwasch gemacht. Das macht nicht jeder so von sich aus.

Junge Mutter 1: *(Eilig.)* Also mein Robert macht das auch.

Junge Mutter 2: Ist halt alles eine Frage der richtigen Erziehung.

(Beide lachen, Pause.)

Junge Mutter 1: Sag mal, hast Du eigentlich schon gehört: der Christian und die Roswitha haben sich getrennt.

Junge Mutter 2: *(Empört.)* Nein – ist nicht wahr!

Junge Mutter 1: Doch, grad' vor zwei Wochen. Die Petra, das ist eine Arbeitskollegin von ihm, die ich vom Nordic Walking her kenne – wir machen ja jetzt Nordic Walking –, also die Petra sagt, er hätte was mit der Babysitterin.

Junge Mutter 2: Nee – Christian? *(Pause; ein überbetont skeptischer Blick.)* Also das glaub' ich nicht.

Junge Mutter 1: Ja! Wirklich wahr. Und sie ist gerade mal achtzehn. *(Kleine Pause.)* Soll sogar schwanger sein.

Junge Mutter 2: Das auch noch! Na, Roswitha hat's ja noch nie leicht gehabt.

Junge Mutter 1: Ja, ja. Aber am Schlimmsten trifft so was ja immer die Kinder.

Junge Mutter 2: Ja, ja. Wo sind die jetzt?

Junge Mutter 1: Roswitha hat sie mit nach Dingolfing zu ihren Eltern genommen.

J u n g e   M u t t e r   2 : Tja, aber ich hab' ja schon immer gesagt, dass das mit den beiden nichts wird. Von Anfang an hab' ich's gesagt. Und? Was ist jetzt? *(Pause.)* Ich hab's von Anfang an gesagt. *(Pause.)* Von An-fang-an!

J u n g e   M u t t e r   1 : Ja, das sah man schon lange kommen. Aber dass es so schnell geht? Und die Kinder sind die Leidtragenden. Schlimm, ganz schlimm.

J u n g e   M u t t e r   2 : Von An-fang-an!

J u n g e   M u t t e r   1 : Schlimm.

J u n g e   M u t t e r   2 : Von An-fang-an!

(Es entsteht eine längere Pause, in der beide ihren Blick durch den Raum schweifen lassen und dabei Wein trinken.)

J u n g e   M u t t e r   1 : *(schreit)* Sophiiiaaa! Ja was hast du denn gemacht?

J u n g e   M u t t e r   2 : Hast du dir den Finger eingeklemmt? Hmm?

J u n g e   M u t t e r   1 : Tut's arg weh? Na komm, wir lassen erst mal kaltes Wasser drüber laufen, dann wird's auch gleich wieder gut, gell?

J u n g e   M u t t e r   2 : *(An die älteren Damen.)* Ja, ja – Sie wissen ja selbst, wie so was ist – Kinder halt. Gell? *(Lacht.)*

Michael Kühne

DER KOPIST DES ZAREN

Eine groteske Collage in einem Akt

1. SZENE
Monolog des Schreibers D i z i u s .

Schreibbüro im Palast des Zaren. An einigen Schreib-
tischen im Hintergrund sitzen die Mitglieder des Chores
der Schreiber, über ihre jeweilige Arbeit gebeugt. Im Vor-
dergrund auf der linken Seite der Bühne der Schreibtisch
des Schreibers D i z i u s , auf dem sich zwei Tinten-
fäßchen, einige Federn, sowie weitere Schreibwerkzeuge
und Familienphotos befinden. Der Tisch steht vor einem
Fenster.
Der Schreiber D i z i u s tritt von rechts auf, dabei einen
Brief schwenkend.

D i z i u s : Ein neuer Brief! Ein neuer Brief des Zaren!
   Und wieder hab' ich tagelang zu tun.
   Schon hoffte ich, er wird mir dies ersparen -
   Doch nein! Der Zar läßt Dizius nicht ruh'n!
(Er geht um seinen Schreibtisch herum und setzt sich lang-
sam auf seinen Stuhl.)
   Mein Lehrer selbst hat einst mich ihm empfohlen.
   Ich weiß auch: sein Vertrau'n in mich ist groß.
   Und was er schreibt genau zu wiederholen,
   Das ist nun einmal eines Schreibers Los.
   Doch halt! Ich bin Kopist, ich bin kein Schreiber!
   Was ich auch schrieb, ich hab' es nicht erdacht.
   Ich schreibe ja nur ab, gleich einem Räuber,
   Der Worte stiehlt und sie zu seinen macht.
   Zwar schreibe ich im Auftrag meines Herren,
(Er erhebt sich und geht im folgenden in die Mitte der Büh-
ne.)
   Er zahlt mir gut, und ich, ich schweige still
   Und muß mich gegen meine Wünsche sperren,
   Weil ich nie schreibe, was ich schreiben will.
   Wie gerne würde ich auch selber dichten!

Wie gerne wäre ich auch kreativ!
Doch muß ich stets den gleichen Dienst verrichten,
Kopiere für den Zaren Brief um Brief.
Wie gerne schriebe ich berühmte Dramen!
Dann wäre ich bekannt für mein Talent,
Und jeder nennt' voll Ehrfurcht meinen Namen –
Doch bin ich ein Kopist, den keiner kennt.
(Pause, er hält für einen kurzen Augenblick inne.)
Was die Chronisten angeht hierzulande:
Sie werden mich ganz sicher übergeh'n.
Für sie bin ich nicht 'mal Statist am Rande –
Im Glanz des Zaren bin ich nicht zu seh'n.
(Pause, er denkt nach.)
Ein jeder Mensch hat irgendein Vermächtnis
Erschaffen, daß die Welt ihn nicht vergißt.
Mich löscht die Welt dereinst aus dem Gedächtnis.
Ich schaffe nicht, ich bin ja nur Kopist!
Ich weiß schon jetzt: Von mir wird gar nichts bleiben,
Kein Bild, kein Buch und keine Heldentat.
Warum, so frag' ich, soll ich dann noch schreiben?
Da kommt Anselmus, vielleicht weiß er Rat.

2. SZENE
A n s e l m u s . Die Vorigen.

Als A n s e l m u s *das Schreibbüro betritt, erheben sich
die Mitglieder des Chores der Schreiber von ihren Tischen.*

A n s e l m u s *(zum Chor der Schreiber)*: Sitzen! Machen!

*Die Schreiber nehmen wieder Platz und setzen ihre Arbeit
fort.*

A n s e l m u s : Verzeiht! ich hör Euch deklamieren;
    Ihr last gewiß ein griechisch Trauerspiel?
D i z i u s *(zu sich)*:
    Ein Trauerspiel? Oh ja, das trifft die Sache!
    So ist das, wenn ich mir Gedanken mache.
A n s e l m u s : Sie leiden wohl unter dem Wetter?
    Sie sehen heute so bedrückt aus.
D i z i u s : Ich leide nicht, ich mache mir Gedanken:
    Was hat mein Leben noch für einen Sinn?

Mein Freund, ich finde keinen Sinn darin –
Dies Grübeln brächte Felsen selbst in's Wanken.
A n s e l m u s : Ich weiß nicht, was soll es bedeuten, [...]
D i z i u s : Es soll bedeuten, daß, wie ich hier stehe,
Ich keinen Sinn in meinem Leben sehe!
Ich leiste Arbeit – in beschränktem Maße –,
Dem Zaren ist sie teuer zwar und wert.
Doch fragt einmal die Leute auf der Straße,
Ob sie wohl meinen Namen schon gehört!
Kein Werk, das mir Erfolg und Ruhm beschiede.
Ich trete mit nichts Eig'nem in Erscheinung.
Und deshalb bin ich meines Lebens müde –
Mein Freund, nun sagt mir bitte Eure Meinung.
A n s e l m u s : Ich will einen Arzt holen!
D i z i u s : Oh sicher! Ruft den Arzt nur schnell herbei!
Am besten holt Ihr auch die Polizei,
Ein jeder soll von meiner Not erfahren –
Vergeßt wohl nicht die Tochter uns'res Zaren!
A n s e l m u s : Ich geh'! – Doch hört! Doch seht! –
Da kommt sie selbst.

3. SZENE
Zarentochter A n a t e v k a zu den Vorigen.

A n a t e v k a : Sei mir gegrüßt, der hier in später Nacht
Gedankenvoll an dieser Schwelle wacht!
D i z i u s : Ihr seid es selbst! Na, ist denn das zu fassen!
Verehrte Anatevka, seid gegrüßt!
Anselmus aber will uns just verlassen,
Weil heut' vielleicht ein Schreiber sich erschießt!
A n s e l m u s (zu A n a t e v k a):
Ich will einen Arzt holen!
So geh, geh wenigstens ihn anzuhalten;
Ihn wenigstens mit deinen Augen zu
Begleiten. – Geh, ich komme gleich dir nach.

A n s e l m u s geht ab. DIZIUS hat sich ein Seil genommen
und beginnt nun, daraus eine Schlinge zu knüpfen.

D i z i u s : Nun, meine Liebe, wenn ich mich nicht irre,
Bestätigte Anselmus Euch vorhin,
Daß ich wohl nicht mehr ganz bei Troste bin,

Und daß der Wahn mir schon die Sinne wirre!

A n a t e v k a : Oh nein! – Ich soll
Mich nur nach Euch erkunden; auf den Zahn
Euch fühlen.

D i z i u s : Dann fühlt mal! Doch gestattet mir die Frage:
Wenn ich Euch nun ganz unumwunden sage,
Daß ich des Lebens Last nicht mehr ertrage
Und daß mir mein Beruf an manchem Tage
Erscheint wie eine niegekannte Plage;
Mir träumte sogar schon, daß ich es wage,
Und meine Lage nicht mehr nur beklage,
Dafür den ganzen Staat zum Teufel jage
Und schließlich noch den Zaren selbst erschlage...
Verzeiht! Ihr seht, ich rede mich in Rage. *(sprich: Ra - ge)*
Anselmus glaubt, ein Doktor kann mich heilen.
Könnt Ihr mir keinen bess'ren Rat erteilen?

A n a t e v k a : Denk' stets, wenn etwas dir nicht gefällt:
Es währet nicht ewig auf dieser Welt.
Der kleinste Ärger, die größte Qual
Sind nicht von Dauer, sie enden mal.
Drum sei dein Trost, was immer es sei:
In fünfzig Jahren ist alles vorbei.

D i z i u s *(sich die Schlinge um den Hals legend)*:
Es ist mir ernst! Ich hänge nicht am Leben!
Welch' guten Rat wollt ihr mir jetzt noch geben?

A n a t e v k a :
Gräme dich nicht,
wenn dich die Sorgen des Lebens bedrängen,
Bleib' immer froh, laß' den Kopf niemals hängen!

D i z i u s :
Mein Leben sorgt mich nicht mehr, keinesfalls.
Ich trag' ja schon die Schlinge um den Hals!
(Er hält das freie Ende des Seiles in der Hand, zur Zimmerdecke blickend und suchend.)
Ich frag' mich nur: wo hänge ich den Strick hin?
– Weil ich ja, zugegeben, etwas d... groß bin – ;
Ich will ja nicht, daß nachts durch mein Gewicht
Der halbe Dachstuhl auseinander bricht!

A n s e l m u s *kehrt zurück; als er die Szene betritt, erheben sich die Mitglieder des Chores der Schreiber in gewohnter Weise von ihren Plätzen.*

A n s e l m u s *(im Vorbeigehen, zum Chor der Schreiber)*:
Sitzen! Machen!

Die Schreiber setzen zuerst sich und dann ihre Arbeit fort.

A n s e l m u s *(zur Zarentochter)*:
Der Arzt meinte in der Tat, sein Geist habe ihn
verlassen; [...]
D i z i u s : Ich nehme mir die Freiheit und das Leben;
Die Arbeit wird dem nächsten übergeben,
Und bess're Schreiber gibt es überall!
(Er deutet hinter seinen Schreibtisch.)
Ich hänge mich an's Fensterkreuz da drüben.
A n a t e v k a *(wie unter Schock stehend)*:
Ich würde vorziehen, es nicht zu tun.

D i z i u s , *den Strick um den Hals gelegt, rückt seinen
Stuhl vor das Fenster, öffnet das Fenster und steigt auf den
Stuhl.*

D i z i u s :
Dann würd' ich sagen: macht es gut, ihr Lieben.
Lebt wohl nun, ich beende meinen Faa.....
(Er stürzt ab.)

Als D i z i u s *sich am Fensterkreuz erhängen will, tritt er
dabei so unglücklich auf das Fensterbrett, daß er den Halt
verliert und rückwärts aus dem Fenster fällt.* A n s e l -
m u s *läuft zum Fenster, die Zarentochter bleibt wie erstarrt stehen. Man hört einen dumpfen Aufschlag.*

A n s e l m u s *(aus dem Fenster blickend)*:
Wahrlich, brav getroffen!
Seht, er ist entzwei!
A n a t e v k a *(immer noch schockiert, fast tonlos)*:
Und stürzte ab. Und brach sich das Genick.

Die Bühne wird dunkel, aus der Versenkung fährt ein
v e r m u m m t e r H e r r *nach oben.*

Der vermummte Herr : Schlußfolgerung:
  Falls fallend du vom Dach verschwandest,
  So brems, bevor du unten landest.

Vorhang

Axel Löber

DER KOPIST

»Niemals zuvor«, sagte die greise Frau Blumbeck mit zittriger Stimme und unter heftigstem Schütteln ihres weißgelockten Kopfes, »niemals zuvor habe ich soetwas gesehen. Nicht einmal im Krieg. Einfach furchtbar. Und ich wohne schon über dreißig Jahre hier im Haus. Aber so etwas – nein. Noch nie. Nicht einmal im Krieg.«
Ein wenig hilflos blickte der Kommissar auf seinen kleinen Notizblock und malte mit dünnen Strichen einige Rauten an den Rand des Papiers, welches mit nahezu unleserlichen, da vermittels ungelenker Hand dahingeworfenen Stichworten übersät war.
Frau Blumbeck, eine korpulente Mittsiebzigerin saß vor ihm auf einem recht altmodisch braungrün karierten Ottomanen, umgeben von blondgelockten und rosa gewandeten Stoffpuppen, selbstgehäkelten Zierdeckchen, Zinnbechern einfacher Machart und einer reichlich übergewichtigen Angorakatze, welche ob ihres fortgeschrittenen Alters an exzessivem Haarausfall zu leiden schien.
Die alte Dame nun also war die einzige Person in diesem Hause gewesen, die sich (aus allerdings nur ihr bekannten Gründen) für das Schicksal des Herrn Löwenstein interessiert und sein Verscheiden – wenn auch reichlich spät – vielleicht geahnt und gemerkt, auf jeden Fall jedoch ihren schrecklichen Verdacht gemeldet hatte.
Bereits Ende letzten Jahres, so berichtete sie nun, sei jener Herr Löwenstein nicht mehr zu sehen gewesen und habe sich, sehr zum Ärger der übrigen Nachbarn, in keiner Weise um die Reinhaltung seines Teils des Hausflures gekümmert. Als dann bis weit ins Frühjahr hinein immer noch der kleine Kunststoffweihnachtsbaum im Fenster gestanden habe, sei man durchaus in Sorge geraten, wollte gleichsam nichts unternehmen, da der Mitbewohner seit jeher bei allen als isolationistischer und überhaupt in höchstem Maße seltsamer Zeitgenosse zweifelhaften Charakters verschrien gewesen sei.
Dann aber, es ging wieder einmal mit Siebenmeilenstiefeln auf das Christfest zu, hatte sich Frau Blumbeck

schließlich doch dazu durchgerungen, die Polizei einzuschalten. Diese wiederum hatte, nachdem weder mehrere Anrufe noch wiederholtes Klingeln eine Reaktion zeitigten, Nachforschungen über den Verbleib des Herrn Löwenstein – nachgerade ergebnislos – betrieben. In Ermangelung einer akzeptablen Alternative wurde daraufhin der Entschluss gefasst, unter Zuhilfenahme eines Brecheisens die Wohnungstüre einer gewaltsamen Öffnung zuzuführen.

Den beteiligten Beamten (sowie der aus Gründen altersbedingter Neugier hinzugestoßenen Frau Blumbeck) war sogleich ein stechender Geruch entgegengeschlagen, der einen noch nicht sonders erfahrenen Bereitschaftspolizisten dazu nötigte, sich auf der Stelle unter heftigstem Würgen so sehr zu übergeben, dass ein dickbrockiger Schwall Erbrochenes die beige Cordhose des Kommissars aufs Übelste verunreinigte, welche jener erst kürzlich in der Filiale einer Düsseldorfer Bekleidungskette für eine durchaus horrend zu nennende Summe erstanden hatte.

Der Gestank rührte her vom dahingeschiedenen Corpus des Herrn Löwenstein, welcher, bereits im vorangeschrittenen Prozess der Mumifizierung befindlich, aristokratisch aufrecht auf einem lederbezogenen Lehnstuhl vor dem großen antiken Schreibtisch im mit Büchern vollgepackten Wohnzimmer saß. Gut genährte Maden von erstaunlicher Größe räkelten sich in den Mulden, welche einst die Augenhöhlen gewesen sein mussten, überall traten kleine Verfaulungsgasbläschen hervor und in Schulterhöhe brachen bereits blanke Knochen spitz aus dem modrigen, fast weißen Fleisch.

Nicht weit entfernt davon lag, in einer Ecke des Zimmers, die Leiche einer Katze – selbige musste nach dem Tode ihres Halters starken Hunger gelitten, und aus diesem Grund zur Herrchenfresserei übergegangen sein, bevor sie selbst – offenbar unfähig, das Fleisch ihres Besitzers in der gleichen Art und Weise wie ihr reguläres Futter zu verdauen – verendet war.

Vor den angefressenen, wurmdurchlöcherten, bestialisch stinkenden, vielfarbig schillernden und fliegenumschwirrten Überresten des Herrn Löwenstein hatte man, eingespannt in eine alte Triumph-Schreibmaschine, ein Blatt mit folgenden (übrigens literarisch recht zweifelhaften) Versen gefunden:

Der Kopist, der Kopist,
Ein Schreiber er ist.
Gänsekiel und Blatt Papier,
Auch ein Messer (nicht zur Zier!) –
Tintenfaß steht lang schon hier.
Vorbildtext wird nun kopiert,
Doubleschrift gleich generiert.

Der Kopist, der Kopist,
Ein Sklave er ist.
Was ein anderer erdacht
Und zu Blatte hat gebracht
Knechtet ihn nun Tag und Nacht.
Schreibt und schreibt und schreibt und schreibt –
Eignes schließlich doch nicht bleibt.

Der Kopist, der Kopist,
Geplagt er ist.
Schmerzen – Schmerzen – – – überall!
Wirbel knackt mit schrillem Knall,
Hand verkrampft in jedem Fall.
Müde wird er, will zur Ruh –
Rasten darf er nimmerzu.

Der Kopist, der Kopist,
Sehr einsam er ist.
Liebe, Leidenschaft zu zwein
Wird sein größtes Streben sein;
Muß stets schreiben – bleibt allein

Wie sich im Verlaufe der anschließenden Untersuchung der Wohnung herausgestellt hatte, war jener Herr Löwenstein ein allein lebender, arbeitsloser Lektor ohne jegliche Familienbindung gewesen, der es sich zur Lebensaufgabe gemacht hatte, gemäß einer alten Tradition ein Sefer Tora zu kopieren, und zwar dergestalt, dass er sie, wie in den Überlieferungen vorgeschrieben, in ihrer Gänze mit der Hand abzuschreiben sich anschickte. Diese Sisyphosarbeit, welche sich über viele Jahre hingezogen haben musste, stand augenscheinlich kurz vor ihrer Vollendung, als er das Gedicht begonnen und aber noch vor dessen Beendigung seine Augen für immer geschlossen hatte.
In höchstem Grade aber wundersam hatte sich ausgenommen, dass die rechte Hand des Kopisten keinerlei Verwesungsspuren aufwies. Man erklärte sich diese Merk-

würdigkeit mit der völligen Schwärze der Haut, welche diese durch den jahrelangen Kontakt mit jener Tinte angenommen haben musste, die von Herrn Löwenstein offenbar selbst hergestellt und zum Kopieren des heiligen Textes verwandt worden war. Die Tinte hatte in beständigem Wirken seine Haut vollkommen durchdrungen und mit der Zeit geradezu gegerbt, sodass sie sich nunmehr konserviert fand und einem edlen Lederhandschuh gleich am ansonsten aufs Grausigste verwesten Arm hing.

Die Schreibmaschine am Arbeitsplatz des Herrn Löwenstein hatte übrigens in den Augen des Kommissars recht eigentlich deplatziert gewirkt, durchaus und gerade in Anbetracht des anachronistisch anmutenden Tintenfässchens, der intarsienverzierten Kirschholzschatulle mit sorgfältig zugeschnittenen Gänsefedern darin, einigen filigranen Messern von großer Schärfe und einem prächtigen ledernen Umschlag, der einen Stapel sorgfältig und eng beschriebener Pergamentseiten edelster Machart beinhaltete, die alle, wohlgeordnet und auf das Genaueste ausgerichtet, auf der staubbedeckten Eichenholzplatte lagen. Da sich des weiteren nichts weiter als Bücher im Raum befanden, hatte man sich durchaus an ein klösterliches Scriptorium erinnert fühlen mögen, und den Kommissar fröstelte bei dem Gedanken zurück an jene weltgeschichtliche Periode, welche weithin unter der – so wusste er – wissenschaftlich umstrittenen Bezeichnung Mittelalter bekannt ist, deren kalte, dumpfe und düstre Schatten an diesem Dezembertag bis in die Stube des Herrn Löwenstein zu langen schienen...

»Nein«, sagte Frau Blumbeck nun, »nein, das konnte man doch wirklich nicht ahnen. Dass ein vernünftiger Mann sich einbildet, ein ganzes Buch mit der Hand abschreiben zu müssen. Schließlich gibt es heutzutage doch überall diese Kopiergeräte, damit geht es doch so schön schnell und bequem. Ach Gott – aber man sieht ja, was aus ihm geworden ist.«

»Wohl wahr«, sagte der Kommissar, nicht ohne jedoch ob der letzten Bemerkung sein Gesicht unmerklich zu verziehen, schloss mit einer schwungvoll-eleganten Bewegung seinen Notizblock, empfahl sich und begab sich auf den Weg zurück ins Revier, wo er seinen Bericht über den denkwürdigen Fall des Kopisten Löwenstein zu verfassen gedachte, wenngleich er sich freilich keineswegs darüber

im Klaren war, wie dieser nun, gerade auch im Hinblick
des soeben von Frau Blumbeck Gesprochenen, zu deuten
sei...

Michael Kühne

SPORT IST MORD

Ein induktiver Beweis

Der Ritter sprach zum Lanzenknecht:
„Mir geht's im großen Ganzen schlecht.
Will ich zum Beispiel tanzen, rächt
Der Wunsch sich bald mit Schmerzen.

Zuerst fiel mir das Steppen schwer,
Nun steig' ich keine Treppen mehr,
Mein Schild stört mich beim Schleppen sehr –
Wie kann man das ausmerzen?"

Der Lanzenknecht zum Ritter sprach:
„Und tragt Ihr mir's auch bitter nach:
Spielt Ihr nur hin und widder Schach,
So hilft Euch das nicht weiter!

Seht Euren Nachbarsritter dort:
Der joggt auch bei Gewitter fort!
So treibt auch Ihr nun Rittersport
Und fühlt Euch bald befreiter!"

Der Ritter läuft durch Wald und Feld,
Als plötzlich nun ein Waldhund bellt,
Erschrickt, verliert den Halt und fällt
Und bricht sich drei, vier Knochen.

„Ich kam nur ab vom rechten Pfad,
Weil mir von meinen Knechten grad'
Der eine gab den schlechten Rat!"
Hat er darauf gesprochen.

„Ich fühl' mich, wenn man's recht bedenkt,
Durch diesen Knecht doch echt gekränkt.
Und darum wird der Knecht gehängt,
Bevor die Sonn' verschwindet!"

Und als die Sonne untergeht,
Da ruft der Ritter munter: „Seht!".
Ich glaub', daß jeder nun versteht,
Was Sport und Mord verbindet!

Axel Löber

HANS DEUTSCHER

> Zwar wird es ein kluger Mann immer ver-
> stehen, sich die Wahrheit zueigen zu ma-
> chen, jedoch ist diese stets auch zu einem
> Gutteil Ansichtssache.
>
> *Arnulf Ehrendorff, Das Postulat*

Als in der Nacht vom dritten auf den vierten Oktober
des Jahres 1998 gegen dreiundzwanzig Uhr vierzig ein
dunkelblauer BMW 525i mit Bad Homburger Kennzeichen
auf der Bundesautobahn 3 von Köln nach Frankfurt am
Main in Höhe von Montabaur mit überhöhter Geschwindigkeit in eine Baustelle rast und dort mit einem abge-
stellten Schaufelradbagger kollidiert, stirbt, mehrere
Pappkartons mit Aktenordnern und elektronischen
Datenträgern im Kofferraum, fünfzigjährig Hans Deutscher; Ehemann und Vater zweier Kinder, erfolgreicher
Geschäftsmann, CDU-Mitglied und seit kurzem Träger des
Bundesverdienstkreuzes.

Dies ist der Versuch eines Abrisses seiner Lebensge-
schichte; mit ungelenker Hand notiert von einem, der ihn
gekannt und – das sei an dieser Stelle nicht verschwiegen
– zeitweilig sogar bewundert hat.

Im Bemühen, die wichtigsten oder zumindest markantest-
en Stationen seines Lebens wahrheitsgetreu nachzuzeich-
nen, sind in akribischer Recherche Aussagen von Zeit-
zeugen und Weggefährten sowie zahlreiche Schriftstücke
und Fotografien zusammengetragen worden, welche in
ihrer Gesamtschau die Grundlage für diesen Bericht bilden – doch ist, dem Leser wird es nicht verborgen bleiben,
selbst jetzt noch in vielen Fällen das Terrain unsicher und
ein gefahrfreies Sich-Bewegen hierauf schier unmöglich.
Dennoch erscheint es mir lohnenswert und wichtig, diese
Geschichte, mit der gebotenen Vorsicht, zu erzählen –
allen Unwägbarkeiten zum Trotz.

Deutscher wird am 6. Januar 1948 als Sohn des refor-
mierten Pfarrers Siegfried Deutscher und seiner Frau Ger-

trud (geborene Grüble) im oberhessischen Dorf Klein Eichen geboren, wo er, nach einmütigem Bekunden von Nachbarn, Freunden und Verwandten, eine durchaus glückliche Kindheit verlebt; seit Frühjahr 1950 an der Seite seiner Schwester Eva.

Hans ist ein ruhiges und im Ganzen unauffälliges Kind, schließt aber offenbar keine tiefergehenden Freundschaften und macht nur durch ein schon früh an den Tag gelegtes Interesse an Religion und Kirche, und zwar besonders an der Liturgie, auf sich aufmerksam. Das Lesen lehrt ihn seine Mutter denn auch mit Hilfe der Heiligen Schrift, die überhaupt seine liebste und lange Zeit einzige Lektüre darstellt – was andererseits jedoch, mit Blick auf das Elternhaus, nur wenig Verwunderung hervorrufen dürfte.

Zum ersten Mal ins Blickfeld eingehender Betrachtung gerät Hans im Juli 1956, als sich der Achtjährige mit seiner zwei Jahre jüngeren Schwester und entgegen wiederholter Verbote der Eltern zum Spielen an den dörflichen Löschteich begibt.

Der in der Nähe mit Umzäunungsarbeiten beschäftigte Landwirt Ludwig H. gibt später zu Protokoll, dass der Junge dort längere Zeit auf seine Schwester eingeredet habe und diese daraufhin auf den bereits recht morschen Steg des Teiches gelaufen sei. Er, der Landwirt, habe sich deswegen Sorgen gemacht und gerade zu den Kindern hinübergehen wollen, da sei das Mädchen auch schon eingebrochen und im trüben Wasser versunken. Der Landwirt erreicht den Teich nicht mehr rechtzeitig, sodass er nur noch den leblosen Körper der sechsjährigen Eva bergen kann.

Aufgrund Ludwig H.s Beobachtungen kommt schnell der Verdacht auf, Hans habe seine Schwester dazu verleitet, den morschen Steg zu betreten. Jener bestreitet dies vehement und wiederholt unablässig und unter Tränen, dass er mit seiner Schwester lediglich Blinde Kuh gespielt und sie ebendarum, denn das sei ja der Sinn des Spieles, für einige Zeit aus den Augen gelassen habe.

Zwar beharrt der Landwirt auf seiner gegenteiligen Schilderung des Vorfalls, doch sind die mit der Untersuchung des Unglücks beschäftigten Personen (Kriminalkommissar Egon Draubach, der zuständige Amtsarzt Dr. Heinrich Vossmann sowie der Vater der Kinder, Pfarrer Siegfried

Deutscher) eher geneigt, dem bis dato in höchstem Maße fried- und freundlichen Achtjährigen zu glauben, als dem neunundfünfzigjährigen Ludwig H., der bereits mehrfach aufgrund starker Angetrunkenheit auffällig geworden ist und sogar im Jahre 1954 wegen Diebstahls einer Sau zu 150 D-Mark Strafe verurteilt wurde.

Die Hauptschuld der Tragödie zuerkennt man schließlich dem Hausmädchen der Deutschers: Marianne Lubinski, geboren 1937 in Breslau (heute Wroclaw), habe in Abwesenheit des Pfarrerehepaares ihre Aufsichtspflicht auf das Gröbste vernachlässigt und dadurch Evas Tod letztlich zu verantworten. Marianne Lubinski wird daraufhin entlassen; sie zieht ins Niederrheinische, wo sich ihre Spur verliert. Gerüchte besagen, sie habe später einen Kölner Entsorgungsunternehmer geheiratet und sei nach kurzer und unglücklicher Ehe mit dem promiskuitiv veranlagten Rheinländer in geistige Umnachtung verfallen.

In den Jahren nach jenem überaus tragischen und einen Schatten über das bis dato durchaus harmonische Familienleben der Klein Eichener Pfarrersfamilie Deutscher werfenden Ereignis wird es wieder still um Hans; er besucht die Volksschule, hält sich zumeist jedoch merklich Abseits von seinen Mitschülern, was wiederum von deren Eltern mit freilich niemals öffentlich geäußerten, jedoch zweifelsohne nicht unvorhandenen Gefühlen der Erleichterung aufgenommen wird. Auch Siegfried und Gertrud Deutscher, so berichtet das neue Hausmädchen Erna Linsenkorn später, bleiben seit jener Zeit ihrem Sohn gegenüber auffallend reserviert; gelegentlich scheint ihre besorgte Haltung gar in eine Art Angstgefühl abstraktdiffuser Art hinüberzuspielen. Hans aber verhält sich keineswegs anormal, sondern zeigt sich im Ganzen als ein ruhiges, man ist versucht zu sagen: als ein braves Kind.

Wenn überhaupt etwas aus dieser Zeit zu erwähnen ist, dann ein kleines, im Grunde unbedeutendes und von niemandem außer der dies beobachtenden Person beachtetes Ereignis, dessen genaue Datierung ob seiner Nebensächlichkeit ebenjener Person in der Rückschau nicht recht gelingen wollte (wenngleich sich aus dem Zusammenhang der übrigen Geschehnisse ergibt, dass es sich dabei um den Mai oder Juni 1958 handeln muss). Bei dieser Person nun also handelt es sich um die Hausfrau Ilse Fuhrst, die den Pfarrerssohn dabei beobachtet, wie er

sich im kleinen Krämerladen des Ortes eine große Menge Brausestäbchen kauft. Sie habe sich damals noch gewundert, dass der Junge das Geld für die Brausestäbchen besessen habe, denn es sei ja weithin bekannt gewesen, dass die gestrenge Frau Pfarrer ihren Sohn äußerst knapp halte und überhaupt den Kauf von Süßigkeiten nicht gutheiße. Interessant wird die eigentlich belanglose Beobachtung der Hausfrau Ilse Fuhrst dann, wenn man in seine Überlegungen die Tatsache mit einbezieht, dass am ersten Maisonntag 1958 Rudolf Senn, ein zwei Jahre älterer Mitschüler von Hans, der bereits zur Wiederholung des einen oder anderen Schuljahres gezwungen war, dabei überführt wird, wie er während des Gottesdienstes seinem Banknachbarn, dem Volksschullehrer Martin Hermann Schmidt, die Brieftasche zu entwenden versucht. Es kommt zu einem kurzen Aufruhr mit Handgemenge, in dessen Folge Rudolf Senn von seinem Vater, dem Landwirt Adolf Senn, aus dem Gotteshaus zum heimischen Hof gezerrt und dort, trotz flehender Beschwichtigungen der nachgeeilten Bäuerin, mit einer Pferdepeitsche so schwerwiegend gezüchtigt wird, dass auf ärztlichen Rat in den kommenden Wochen vom Verlassen des Bettes Abstand genommen werden muss. Der Volksschullehrer Martin Hermann Schmidt beklagt derweil das Fehlen eines Zehnmarkscheines aus seinem Portmonee; der Verbleib des Geldes kann jedoch nicht aufgeklärt werden, da Rudolf Senn auch nach wiederholter peinlicher Befragung durch seinen Vater eine Auskunft beharrlich verweigert.
Aus heutiger Sicht, das heißt nach genauem Studium aller vorliegenden Informationen, ist ein Zusammenhang zwischen dem Diebstahl des Rudolf Senn und dem Süßigkeitenerwerb des Hans Deutscher nicht auszuschließen, wenngleich ein Beweis dafür nachgerade nicht erbracht werden kann. Die beiden Schüler saßen im Klassenraum nebeneinander und der Bauernsohn galt als geistig träge, sodass eine Beeinflussung durch den zweifellos intelligenteren Hans Deutscher im Bereich des Möglichen liegt – jedoch wäre jegliches Gedankenspiel in diese Richtung nichts weiter als bloße Spekulation.
Begeben wir uns also, das Vage hinter uns lassend, zurück auf den sicheren Grund des Beleg- respektive Zitierbaren, und springen in das Jahr 1964: Längst ist die Enge des oberhessischen Dorfes zum Hemmschuh geworden

für die Entwicklung des inzwischen zum jungen Mann Heranreifenden.

So beschließen die Eltern, ihren Sohn in das einige Kilometer entfernt gelegene Städtchen Alsfeld zu entsenden, wo er das Gymnasium besuchen und nach drei Jahren das Abitur erlangen soll. Zwar wäre es durchaus möglich, mit dem Bus zwischen Elternhaus in Klein Eichen und der Schule in Alsfeld zu pendeln, doch besteht Vater Siegfried Deutscher darauf – mit der Begründung, sein Sohn müsse bereits frühzeitig ein fremdes Brot essen – diesen von seinem Bruder Wilhelm, der in Alsfeld eine kleine Bäckerei betreibt, in Logis nehmen zu lassen.

Wilhelm Deutscher, damals zweiundfünfzig, ist seit mehreren Jahren verwitwet und lebt allein mit seiner fünfzehnjährigen Tochter Annemarie in einem bereits etwas renovierungsbedürftigen Fachwerkhaus; der Aufnahme des Neffen unter sein Dach habe er, so Annemarie, mit großer Freude entgegengesehen, da nach dem Tode der Mutter lange Zeit eine bleierne Lethargie über der seither schlecht geführten Bäckerei gelastet habe.

Hans erhält eine kleine Kammer und fügt sicht sehr schnell in den Alltag der kleinen Bäckerfamilie ein, die ihm während seines Aufenthalts große Freiheiten lässt.

Er ist, das belegen seine Zeugnisse, ein eher mittelmäßiger Schüler, der übertriebenem Fleiß nicht in annähernd so großem Maße zugeneigt ist wie bierseligen Abenden in den Gaststuben der Stadt. Überhaupt scheint Hans zeitgleich zum Umzug nach Alsfeld einen Wandel in seinem Auftreten vollzogen zu haben: Klassenkameraden beschreiben ihn als leutselig, kumpelhaft, gar extrovertiert.

Rasch baut er sich ein weitreichendes Geflecht von Freundschaften auf, welche jedoch keine eingehenden und dauerhaften Vertiefungen erfahren. Dennoch hält er, gleich einem Jongleur, gewandt und beinahe berechnend dieses Netz in der Schwebe, sich selbst gleichsam unverzichtbar machend und zum Dreh- und Angelpunkt heraufschwingend.

Natürlich gibt es auch hier, wie überall, Randfiguren, Ausgestoßene, Neider – kurz: Gegner. Solche, die böswillig Gerüchte verbreiten; Gerüchte die kolportieren, Hans sei lediglich ein geschickter Lügner, einer, der niemals die Wahrheit sage, andere manipuliere und sich selbst frech

zu einer Figur stilisiere, die einzig seiner eigenen über-
steigerten Fantasie und Eitelkeit entspringe. Und womöglich sind diese bösen Zungen damit nicht all zu weit
von der Wahrheit entfernt, handelt es sich in diesen
Jahren bei Hans Deutscher doch um einen jungen Mann
inmitten in seiner Adoleszenz, der das Selbst und dessen
Platz in dieser Welt zu suchen sich anschickt.

Recht früh entdeckt er auch etwas, das Zeit seines
Lebens große Anziehungskraft auf ihn auszuüben
scheint: das andere Geschlecht. Bereits kurz nach seiner
Ankunft in Alsfeld lernt er die gleichaltrige Susanne
Schuster kennen, mit der er zunächst viel Zeit verbringt.
Die Verbindung ist jedoch nicht von langer Dauer, denn
Hans begnügt sich nicht mit ihr; er beginnt seine Partner-
innen in rascher Folge zu wechseln (sogar seine Cousine
Annemarie, so berichtet ein Schulfreund, soll sich darun-
ter befunden haben) und steht schnell in dem Ruf, kein
Kostverächter zu sein.

Aus diesem Gebaren erwächst schließlich ein regelrechter
Skandal, der im beschaulichen Städtchen Alsfeld großes
Aufsehen erregt. –

Zu Beginn des Schuljahres 1966/67 tritt die sechsund-
dreißigjährige Mathematiklehrerin Christiane Koch ihren
Dienst am Alsfelder Gymnasium an; sie stammt aus
Baunatal bei Kassel, ist alleinstehend und zieht die Aufmerksamkeit der zumeist älteren Kollegen durch ihren
modernen – doch angesichts guter Leistungen selbst zuvor als schwächer bekannter Schüler durchaus erfolg-
reichen – Unterricht auf sich.

Nicht lange dauert es, da bemerken Mitschüler, dass Hans
nach Beendigung nahezu jeder Mathematikstunde die
Lehrerin am Pult aufsucht, um sich mit ihr – im Fortgang
offenbar immer vertrauter – leise zu unterhalten. Darauf
angesprochen betont er, dass es sich dabei lediglich um
Nachfragen zu den jeweiligen Aufgaben handele; er wolle
eingedenk seiner durchaus Besorgnis erregenden Noten
in Mathematik nicht riskieren, die nunmehr unmittelbar
bevorstehende Reifeprüfung nicht zu bestehen. Die Mitschüler qualifizieren dies zunächst als unverhohlenen
und überdies ungeschickten Anbiederungsversuch ab,
doch schon bald entsteht der Verdacht, dass mehr dahin-
ter stecken könnte. Die Tochter eines örtlichen Bauunter-
nehmers nämlich, Lisa Steinjäger, eine nach eigenem Be-

kunden hoffnungslos in Hans verliebte, von diesem jedoch mit nonchalanter Nichtbeachtung bedachte Sieb-
zehnjährige, will ihren Schwarm dabei beobachtet haben,
wie dieser spät abends das Haus der Mathematiklehrerin
betreten habe. Zunächst weithin ignoriert, wird diese Beobachtung wenig später vom Bericht des Klassenkameraden Gerhard Bucher gestützt, der das Gleiche gesehen
hat und anmerkt, Hans habe sogar einen kleinen Blumen-
strauß in Händen gehalten.

Flugs verbreitet sich das Gerücht unter der Schülerschaft,
doch bleibt bis zur Abiturprüfung alles äußerst unbe-
stimmt und ins Reich halbdunkler pubertärer Fantasien
verbannt.

Dann aber, nur wenige Tage nach den Prüfungen, überrascht am späten Nachmittag der im Hause von Christiane Koch mit Ausbesserungsarbeiten beschäftigte Elektro-
installateur Adam Wolf seine Auftraggeberin mit ihrem
Schüler in einer eindeutigen, alle Beteiligten auf das
Peinlichste kompromittierenden Situation. Alsfeld ist keine große Stadt, und so findet die Nachricht des Ungeheuerlichen schnell Verbreitung.

Eiligst werden die der Schamlosigkeit Überführten vor die
Schulleitung zitiert, die vom aus Wiesbaden angereisten
Oberschulrat Dr. Wolfram Schirrmann beraten wird. Das
bei den Sitzungen angefertigte Protokoll ist bis heute
unter Verschluss, doch sprechen alle Anzeichen dafür,
dass Deutscher seine Lehrerin der Verführung eines Ab-
hängigen bezichtigt und diese den schwerwiegenden
Vorwurf nicht entkräftigen kann. Christiane Koch wird
daraufhin suspendiert und einige Monate später aus dem
Schuldienst entlassen; sie lebt heute, schwer herzkrank,
in der Nähe von Konstanz, wo sie von ihrer Tochter be-
treut wird. Hans erhält das Zeugnis der allgemeinen
Hochschulreife außerhalb der offiziellen Feierstunde und
nimmt nicht am obligatorischen Abschlussball teil; unmittelbar danach verlässt er ohne großes Aufsehen die
Stadt. Er ist nie wieder zurückgekehrt.

In den folgenden Wochen hält er sich bei seinen Eltern
in Klein Eichen auf, wo er die meiste Zeit auf seinem
Zimmer mit der Lektüre einer weit gefächerten Auswahl
deutscher Literatur verbringt. Bei Durchsicht der noch
vorhandenen Bände fallen besonders die zahlreichen, mit
Bleistift an den Rand notierten Anmerkungen ins Auge,

die nicht so sehr ihres Inhaltes wegen, sondern in Hinblick auf die betreffenden Textpassagen beziehungsweise deren Auswahl durch den Leser von Interesse sind.

In besonders großem Maße trifft dies pikanterweise auf das fünfte Kapitel des zweiten Buches der ›Bekenntnisse des Hochstaplers Felix Krull‹ zu – in jenem Jahr 1967 nämlich erhält Hans den unvermeidlichen Musterungsbescheid nach der amtsärztlichen Untersuchung wird er für untauglich erklärt.

Wie auch im Fall Rudolf Senn kann an dieser Stelle kein Beweis für einen Zusammenhang zwischen Romanlektüre und der Entscheidung des untersuchenden Arztes erbracht werden – zumal die zuständige Abteilung der Bundeswehr auch nach mehrmaligen (schriftlich und persönlich vorgetragenen) Anfragen nicht bereit war, Einsicht in die entsprechenden Unterlagen zu gewähren. Es muss jedoch festgehalten werden, dass sich Deutscher nach Aussage des heute fast hundertjährigen Hausarztes der Familie, Doktor Adrian Deubel, zu jener Zeit in tadellosem gesundheitlichen Zustand befunden habe.

Im Sommer 1967 geht schließlich auch ein großer und mit Sicherheit prägender Abschnitt im Leben des Hans Deutscher zuende: Er verlässt Klein Eichen und das Haus seiner Eltern endgültig, mietet sich ein kleines Zimmer in Frankfurt am Main und immatrikuliert an der dortigen Johann Wolfgang Goethe-Universität. Die Wahl des Studienfaches sorgt indes für Irritationen bei seinen Eltern: Gertrud Deutscher erzählt später, dass man alles Mögliche, nur nicht Wirtschaftswissenschaft erwartet und im Pfarrershause eine gewisse Enttäuschung ob dieser Entscheidung nicht habe unterdrücken können.

In Frankfurt richtet sich Hans als Untermieter der 1948 durch ein Urteil alliierter Richter verwitweten Arztgattin Gundula Bragowsky ein, die ihm zwecks Aufbesserung ihrer Rente zu annehmbaren Konditionen einen Raum ihrer Altbauwohnung im Stadtteil Sachsenhausen überlässt. Für seinen Unterhalt arbeiten muss er nicht, da ihn seine Eltern (sowie, ohne deren Wissen, die Großeltern Lothar und Herta Grüble aus Schwieberdingen bei Stuttgart) mit regelmäßigen Zahlungen unterstützen.

Trotz verschiedener äußerer Umstände, die im weiteren Verlauf dieser Aufzeichnungen nicht umgangen werden dürfen und ohne Weiteres im Falle eines Versagens verantwortlich gemacht werden könnten, betreibt Hans sein Studium im Ganzen gewissenhaft und durchaus erfolgreich, sodass er im Jahre 1973 mit Diplom abschließen kann.

Bis dahin aber – und damit rücken jene bereits angedeuteten äußeren Umstände ins Zentrum dieser Betrachtung – verstrickt er sich in ein beinahe unentwirrbares Geflecht von merkwürdigen, teils dubiosen und oft widersprüchlichen Aktivitäten.

Wie seinerzeit in Alsfeld baut er sich im Umfeld des Frankfurter Campus schnell ein Gerüst aus (im Grunde recht oberflächlichen) Freund- und Bekanntschaften auf. Diesmal jedoch ist er stets bemüht, sich im Hintergrund zu halten; der Freundeskreis dient nunmehr scheinbar als verzweigtes und feinfühliges Sensorium, welches Informationen über Stimmungen und Befindlichkeiten innerhalb der Gruppierungen liefert, in welchen er sich nun bewegt.

In jenen Jahren gehört es im studentischen Milieu zum allgemeinen Habitus, das Bestehende kritisch zu hinterfragen; man hat sich zunehmend politisiert und die Mehrheit sieht sich in Opposition zu den etablierten Kreisen in Gesellschaft und Politik. Zur Triebfeder der sich formierenden sogenannten außerparlamentarischen Opposition ist der ›Sozialistische Deutsche Studentenbund‹ avanciert, mit dem Deutscher nun in Kontakt kommt. Er beginnt für diese Gruppe zu arbeiten, hält sich jedoch von jeglicher theoretischer Diskussion oder gar öffentlicher Agitation fern; sein Metier ist die Organisation von „Aktionen". Schnell lernt Hans die einflussreichen Figuren jener Szene kennen, die ihn, wie SDS-Mitglied Britta N. berichtet, zwar nur als ideologischen Mitläufer sehen, dennoch sein Organisationstalent zu schätzen wissen.

Inwieweit Deutscher aber tatsächlich in die Arbeit jener Kreise involviert ist, lässt sich heute nicht mehr mit letztgültiger Gewissheit rekonstruieren – all zu abweichend sind die Aussagen seiner damaligen Weggenossen und all zu dürftig und ungesichert das Datenmaterial. Einzig eine kleine verschwommene Schwarz-Weiß-Fotografie, die ihn im Kreise führender Köpfe der Frankfurter Studentenbewegung zeigt, ist als verlässliches Dokument seines Engagements erhalten geblieben.

Dennoch gilt es an dieser Stelle einigen Auffälligkeiten Raum zu geben, die bei den Recherchen zu Hans Deutschers Studentenzeit immer wieder aufgetaucht sind und oft, auch von einander unabhängigen Quellen, genannt wurden.

So zum Beispiel die von verschiedenen Seiten hervorgebrachte Behauptung, Deutscher sei an den Vorbereitungen der Brandanschläge auf die Frankfurter Kaufhäuser ›Schneider‹ und ›Kaufhof‹ beteiligt gewesen, welche in der Nacht des 2. April 1968 von einer Gruppe um den später als Terroristen bundesweit bekannt gewordenen Andreas Baader durchgeführt werden. Oder aber die Aussagen der Kommilitonen Sven V. und Klaus A., ihr Mitstudent sei im oder um das Jahr 1971 im Besitz von größeren Mengen Rauschgift gewesen, beziehungsweise habe solches mit Hilfe seiner Freundin Anja oder Sandra (in diesem Punkt weichen die Aussagen voneinander ab) zu beschaffen versucht.

Eine weitere Spur führte zu der Entdeckung, dass Deutscher verdeckt Kontakte zu einer nationalkonservativ orientierten bündischen Vereinigung gepflegt hat. Dies bestätigt Dr. Norbert O., damals Korpsmitglied und heute im Vorstand eines großen süddeutschen Rückversicherungskonzerns; Dr. O. berichtet weiter, Deutscher habe Informationen über die linke Szene weitergeleitet und sei überhaupt durch seine dezidiert christlich-konservativ geprägten Ansichten aufgefallen.

Unweigerlich stellt sich nun die Frage, was Deutscher zu diesem ideologischen Doppelspiel veranlasst. Ist es wirklich, wie Dr. O. glaubt, seine konservativ-patriotische Gesinnung, oder handelt es sich dabei vielmehr um einen kühl-berechnenden Opportunismus, ein Lavieren und Sich-Offenhalten von Optionen?

Aufschluss darüber gibt eine Aussage Deutschers, die im Kontext eines Kurzinterviews am 22. Juni 1994 im Wirtschaftsteil der ›Frankfurter Rundschau‹ zu finden ist; dort heißt es: „Ich bin immer und ausschließlich ein Geschäftsmann gewesen, nicht zuletzt auch in eigener Sache." Dieser kurze Satz scheint ein nicht unwesentlicher Schlüssel zum Verständnis der Verhaltensweisen des Klein Eichener Pfarrerssohnes zu sein, auch in Hinblick auf die Zeit seines Studiums. Der Geschäftsmann in eigener Sache sondiert die Lage, prüft die Angebote beider Seiten und kommt zu dem Ergebnis, dass die dynamische, bunt schillernde Atmosphäre des revolutionär ambitionierten

Studententums faszinierender und intellektuell anregender wirken mag, die traditionellen und demgegenüber in Ablehnung verharrenden Kreise jedoch ein ungleich lukrativeres Angebot zu offerieren in der Lage sind: nämlich eine über Verwandtschaften und freundschaftliche Beziehungen erworbene Eintrittskarte in die Welt des beruflichen und sozialen Aufstieges, eine genuin bundesrepublikanische Welt mit Wurzeln in einer all zu gern vergessenen (oder zumindest verschwiegenen) Zeit, die ihren widerstandsfähigen Stamm in den Wirtschaftswunderjahren herausgebildet hat und bis heute, farblich vielleicht ein wenig abgeblasst, doch noch immer kräftig und gesund, jeglichen Angriffs- und Zerstörungsversuchen beharrlich trotzt.

Zwar sollte Deutscher erst nach Beendigung seines Studiums durch Annahme eines – und zwar des richtigen – Parteibuches eine Entscheidung für eine – und zwar die richtige – Seite öffentlich bekunden, doch wird offensichtlich bereits während der Studienzeit, womöglich sogar früher, der Grundstein hierfür gelegt. Seine SDS-Aktivitäten stellen dabei kein Hindernis dar; viel zu unauffällig und sich geradezu vorausschauend im Hintergrund haltend sorgt er dafür, dass diese Episode, wenn überhaupt, nur als weit entfernter grauer Schatten, als Jugendsünde und schnell verzeihlicher Fehltritt, wahrgenommen wird.

Was bliebe ansonsten über die Frankfurter Studienjahre zu berichten? Im Grunde nur weniges von Belang: Abgesehen von zahlreichen Liebschaften und Affären ist lediglich eine Bemerkung seiner Vermieterin Gundula Bragowsky nachzutragen, die ihren Untermieter als zwar umtriebigen und sich mit einem zum Teil merkwürdigen Freundeskreis umgebenden, jedoch im Ganzen anständigen und zuvorkommenden jungen Mann bezeichnet.

Jener junge Mann tritt nach Beendigung seines Studiums im Sommer 1973 in den Dienst der in Hanau ansässigen ›Grohmeyer AG‹, welche Navigationsinstrumente für Luft- und Raumfahrt herstellt und – obwohl in der Öffentlichkeit zumeist unbekannt – bis heute großes internationales Ansehen genießt, nicht zuletzt auch aufgrund ihrer als äußerst zuverlässig und robust geltenden Geräte, die besonders von der Rüstungsindustrie geschätzt werden.

Dort war es auch, dass ich ihn im Frühjahr 1975 kennen lernte. – Nach nicht einmal zwei Jahren der Arbeit für das Unternehmen ist er bereits zu diesem Zeitpunkt zu einem fast unverzichtbaren Bestandteil des täglichen Geschäftes avanciert, der, wenn vielleicht nicht unbedingt beliebt, doch weitenteils Respekt genießt. Er gilt als zuverlässig und integer, wenngleich er nicht im Ruf steht, der arbeitswütigste Kollege zu sein.

Es scheint, als sei sein Leben in eine ruhigere Phase eingetreten; nichtsdestoweniger vollziehen sich in dieser Zeit entscheidende Weichenstellungen, die sein zukünftiges Dasein in nicht zu unterschätzender Weise beeinflussen: Bereits kurz nach seinem Eintritt in die Grohmeyer AG wird er Mitglied der Christlich Demokratischen Union, und auf der Weihnachtsfeier des Unternehmens am 22. Dezember 1974 lernt er Christine von Weidenburg kennen, die einundzwanzigjährige Studentin der Kunstgeschichte und Tochter des Vorstandsmitgliedes Armin von Wiedenburg.

Die Vermählung der beiden folgt zwei Jahre später, im August 1976. Nach seiner Hochzeitsreise in die Karibik bezieht das junge Paar eine kleine, aber überaus repräsentative Villa in Bad Homburg, die dem Brautvater gehört und in nicht all zu großzügig bemessenen Raten abbezahlt wird. Ein Jahr darauf wird am 4. Juli das erste Kind – Stefan – geboren; nur vierzehn Monate danach Andreas, das zweite und letzte.

Es ist nicht zu übersehen, dass die Heirat neben einer Aufnahme in das, was man auch die ‚gehobene Gesellschaft' nennen könnte, zugleich auch zu einem gewissen Grad eine Forcierung des beruflichen Fortkommens für Deutscher bedeutet: Die während des Studiums nur verdeckt geknüpften Verbindungen werden nun, in elitärer Atmosphäre, verfestigt und komplettiert, und auch ein in der Folge stetes Aufrücken in der Hierarchie der Firma lässt nicht lange auf sich warten, wenngleich dies noch durch etwas anderes erklärt werden kann; doch dazu an späterer Stelle.

Dennoch geht die Festigung seiner Position nicht ohne die Überwindung von zahlreichen Widerständen vonstatten – der mit Sicherheit stärkste und hartnäckigste in Person des einflussreichen Vorstandes Dr. Gregor Schmitt, zuständig für Technik und Neuentwicklung.

Schmitt genießt großes Ansehen unter den Angestellten, was zum Einen an seinem gemütlich-fülligen Äußeren liegen mag, zum Anderen aber auch durch seine mittlerweile als durchaus altmodisch zu bezeichnende Art erklärt werden kann, die durch ein noch aus früheren Zeiten herüberreichendes Ideal geprägt ist, welches mit Eigenschaften wie Solidität, Bescheidenheit oder Redlichkeit beschrieben werden kann und nicht mehr so recht in die von Profitmaximierung und kurzfristigem Erfolg beherrschte Geschäftswelt passen will, wie sie bereits in jenen Jahren in der Bundesrepublik vorzufinden ist.

Schmitt also hegt, wie in seinen Tagebüchern nachzulesen, von Beginn an Vorbehalte gegenüber Deutscher; er hält ihn für einen „Blender" und „falschspielenden Parvenü", dem „nicht das Wohl der Firma, sondern allein der eigene Vorteil" am Herzen liege. Worauf sich diese Einschätzung letztlich stützt, muss im Dunkeln bleiben, da nach dem Tode Dr. Schmitts im Jahre 1982 nur noch dessen spärliche und in vielen Punkten lückenhafte Aufzeichnungen Zeugnis geben können. Schmitts langjährige Sekretärin Traudl Blau weiß allerdings zu berichten, dass ihr Vorgesetzter, der im Übrigen eine hervorragende Menschenkenntnis besessen habe, in ihrer Gegenwart mehrfach aufgebracht über den jungen Kollegen gewesen sei und sogar einmal, dass müsse 1976 oder 77 gewesen sein, von unkorrekten Bilanzen gesprochen und Deutscher damit in Verbindung gebracht habe; aber beschwören könne sie letzteres nicht.

In jedem Falle aber entwickelt sich bereits nach kurzer Zeit eine Kraftprobe zwischen Deutscher und Schmitt, die zunächst mit subtilen Mitteln, im Laufe der Zeit jedoch zunehmend offen geführt wird. Am Anfang wird von beiden Seiten noch recht eigentlich harmlos versucht, die Grenzen und Territorien des Opponenten abzutasten und auszuloten; der Junge beschnuppert das seit langem abgesteckte Revier des Alten, und der Alte beäugt misstrauisch, wie weit der Junge zu Gehen bereit ist. Dann erste Geplänkel: Deutscher versucht Schmitt in einer Konferenz auszubooten, indem er ihm wertvolle Informationen vorenthält; ein Andermal sorgt Schmitt dafür, dass Deutscher die Leitung eines von vornherein zum Scheitern verurteilten Projektes übernehmen muss – was diesem natürlich einen signifikanten Imageschaden beibringt. Zur Eskalation kommt der Konflikt schließlich mit dem geplatzten Deelmann-Geschäft: Die Grohmeyer AG hatte durch Vermittlung des Bad Godesberger Wirtschaftslobbyisten Claus W. Deelmann den Auftrag eines nicht zu nennenden arabischen Staates erhalten, die mittlerweile veraltete Navigationstechnik seiner Luftwaffe auf den letzten Stand der Technik zu bringen – ein für das Unternehmen bedeutender Auftrag mit einem Volumen von annähernd einhundert Millionen D-Mark, der allerdings, so die Forderung der Auftraggeber, strengster Geheimhaltung unterliegen muss. Knapp zwei Wochen vor der Vertragsunterzeichnung jedoch berichtet das Magazin ›Der Spiegel‹ unter Berufung auf ein anonymes Vorstandsmitglied der Grohmeyer AG von dem Geschäft, welches daraufhin nicht zustande kommt.

Im Unternehmen verbreitet sich schnell der Verdacht, Schmitt sei verantwortlich für dieses (nicht zuletzt auch finanzielle) Desaster. Jener bestreitet die Vorwürfe auf das Ärgste und beschuldigt gegenüber seiner Frau Hans Deutscher, der damit eine Rufmordkampagne gegen ihn, den unbeugsamen Altvorderen, initiieren wolle. Ob wahr oder unwahr: von dem Verdacht, das Deelmann-Geschäft in letzter Minute zum Kollabieren gebracht zu haben, wird sich Schmitt nicht mehr erholen.

Von nun an ist – das kann ich aus eigener Anschauung berichten – eine deutliche Zurückhaltung von Seiten der Belegschaft gegenüber Schmitt spürbar. Nicht offen, aber doch unmissverständlich wird in Fluren und zwischen Tür und Angel vom vermutlichen Versagen des Vorstandsmitgliedes gesprochen und spekuliert, welche Konsequenzen sich daraus ergeben könnten. Von Deutscher ist dazu im Grunde wenig zu hören, sieht man einmal von den üblichen unverbindlichen Bemerkungen ab, wie sie in einer Konversation zwischen Kollegen gebraucht werden. Dennoch bleibt kaum jemandem verborgen, dass zwischen Deutscher und Schmitt nun ein erbittert ausgefochtener Machtkampf im Gange ist, den, das ist abzusehen, nur einer der beiden erhobenen Hauptes und in seiner Position gestärkt überstehen kann. Lange nimmt es sich so aus, als sei dies der erfahrenere und von den meisten als zäher eingeschätzte Schmitt, doch schwenkt das Pendel im September 1977 unerwartet um und weist Deutscher die Siegerrolle zu: Während einer Vorstandskonferenz erklärt Schmitt seinen überraschten Kollegen, dass er mit dem 31. Dezember des Jahres aus den Diensten der Grohmeyer AG ausscheiden und in den Ruhestand hinüberwechseln wolle. Als Begründung gibt er an, dass ihn der Wunsch zu dem Entschluss bewogen habe, sich in Zukunft mehr seiner Familie, namentlich den zahlreichen Enkeln, sowie seinem Hobby, dem Weinbau, zuwenden zu wollen. Dies sorgt, wie der Vorstandsvorsitzende Dr. Alfred Spär bei Schmitts Verabschiedungsfeier berichtet, für einiges Erstaunen bei den Anwesenden, da diese ihn stets als arbeitseifrigen und in seiner Arbeit Erfüllung findenden Kollegen gekannt hätten.

Wie immer in solchen Fällen unvorhergesehener Personalveränderungen halten sich auch hier hartnäckig Gerüchte, dieser Rückzug sei durch von außen nicht erkennbare Faktoren zumindest mit beeinflusst, wenn nicht gar ausgelöst worden – der Name Hans Deutscher hängt in diesem Zusammenhang ungenannt im Raum – doch fehlt jeglicher Beweis. Und so bleibt das Gerücht, jemand habe Schmitt mit der Veröffentlichung eines intimen Details aus seiner Privatsphäre gedroht, falls dieser die Firma nicht verlasse, wieder einmal nur ein Gerücht. (In der Tat sollte nach Schmitts Tod bekannt werden, dass dieser – mit Wissen seiner Frau übrigens – einer jahrelang sorgsam geheim gehaltenen Neigung zum maskulinen Geschlecht nachgegangen war und zu diesem Zweck sogar eine Wohnung im Frankfurter Westend unterhalten hatte.)

Der beispiellos schnelle und mit beeindruckendem Durchsetzungswillen vorangetriebene Aufstieg des Hans Deutscher innerhalb der Grohmeyer AG wirft freilich die Frage auf, wie es dazu kommen konnte: Ist es seiner Intelligenz zu verdanken oder seiner Tüchtigkeit; seiner Fähigkeit, Menschen zu seinen Gunsten beeinflussen zu können, oder aber seiner vorteilhaften Heirat – oder bloß schierem Glück? Mit Sicherheit haben alle diese Faktoren einen Anteil daran; mit ebenso großer Sicherheit jedoch muss ein weiterer Faktor, und vielleicht sogar der wichtigste, genannt werden: Ariane Spär, die Gattin des Vorstandsvorsitzenden Dr. Alfred Spär.

Bevor wir fortfahren ist allerdings anzumerken, dass das folgend Berichtete einzig einem achtunddreißigseitigen

Brief entnommen ist, welchen Ariane Spär kurz vor ihrem Tode im August 2001 geschrieben hat und der sich heute im Besitz ihrer jüngsten Tochter Simone befindet; die darin aufgestellten Behauptungen können bis dato allerdings von keiner anderen Quelle gestützt oder gar bestätigt werden.

In diesem sehr persönlich gehaltenen Schreiben nämlich befasst sich die Autorin in der Hauptsache mit der Person Hans Deutschers. Der Leser erfährt hier die Geschichte einer gut situierten, gleichwohl vereinsamten Frau Mitte Vierzig, deren Kinder gerade das Haus verlassen haben und die ihrer Existenz eine neue Orientierung zu geben versucht. Da begegnet diese Frau im Jahre 1974 während eines Betriebsausfluges des Unternehmens, dem ihr Gatte vorsteht, einem jungen Mann; frisch von der Universität und mit kraftstrotzendem Auftreten übt er große Anziehungskraft auf sie aus. Noch während des Ausfluges, einer Schiffstour auf dem Rhein, geschieht, von ihr herbeigeführt, der Ehebruch. Und es bleibt nicht bei diesem einen Mal: In der Folge trifft sie sich regelmäßig, bisweilen täglich mit ihm – stets in wechselnden Hotels –, genießt es umworben zu werden und endlich auch in der Körperlichkeit Erfüllung zu finden.

Schnell avanciert er zu ihrem Protegé. Sie gibt ihm Geld und, was noch wichtiger ist, nimmt Einfluss auf seine berufliche Karriere: Durch ihren Mann ist sie im Besitz wichtiger firmeninterner Informationen, die sie ihrem Geliebten zuspielt, sodass dieser sein exklusives Wissen nutz- bzw. vorteilbringend einsetzen kann.

Aus dem Brief geht weiterhin hervor, dass die Liaison bis ins Jahr 1979 dauert, in welchem Alfred Spär die Grohmeyer AG verlässt und mit seiner Frau ins Schwedische Jönköping übersiedelt, wo er den Vorstandsvorsitz des Rüstungsunternehmens ›Svundborg & Bernsson‹ übernimmt.

Ariane Spär blickt mit Zufriedenheit auf ihre gemeinsame Zeit mit Hans Deutscher zurück und ist sich durchaus bewusst, ihm dadurch zu außergewöhnlichem beruflichen Fortkommen verholfen zu haben, sowie mitverantwortlich am Betrug seiner Frau zu sein. Denn, wie erwähnt, Deutscher ist seit 1974 verheiratet und wird noch während seiner Affäre mit ihr zweifacher Vater.

Der ‚Spär-Brief' – so denn, wovon auszugehen ist, sein Inhalt der Wahrheit entspricht – offenbart, dass Deutscher über Jahre hinweg ein Doppelspiel betreibt: zum Einen durch die Heirat mit Christine von Weidenburg sich bürgerlichen Anstrich und Eintritt in die Welt der Geschäftsaristokratie verschaffend, zum Anderen durch die geheime Verbindung mit Ariane Spär gewissermaßen einen exzellenten Schleichweg zur Abkürzung des langen Weges seines beruflichen Aufstieges erschließend.

Christine Deutscher hat davon, nach eigener Angabe, erst im Zuge der Recherchen zu dieser Dokumentation erfahren, in die sie eng mit eingebunden war, und zeigte sich, obwohl der Betrug bereits geraume Zeit zurückliegt, fassungslos und in höchstem Maße enttäuscht vom Verhalten ihres Mannes. Zwar habe sie während ihrer Ehejahre in gewissen Momenten den Verdacht gehegt, dass sie nicht die einzige Frau im Leben ihres Mannes sein könnte, doch seien ihr niemals Beweise dafür vor Augen gekommen und so habe sie stets Stillschweigen bewahrt, schon allein um der Kinder wegen das Familienleben nicht aufs Spiel zu setzen.

Zu ihrer Ehe überhaupt gefragt, äußert sie sich zurückhaltend: Zu Beginn ihrer gemeinsamen Zeit sei es durchaus sehr schön gewesen und es wäre doch nur natürlich, dass sich mit den Jahren eine gewisse Routine einstelle und man nicht mehr jeden Tag in Leidenschaft übereinander herfalle. Außerdem sei sie mit den Kindern und er mit der Arbeit ausgelastet gewesen. Und später dann, als die Kinder auf ihren eigenen Beinen zu stehen begonnen hätten, da habe das Miteinander im Grunde auf einer freundschaftlichen Ebene stattgefunden, was nicht heiße, dass man sich einander nichts mehr zu sagen gehabt hätte, aber die frische Liebe sei ihnen eben, wie habe Kästner das so schön formuliert, a b h a n d e n gekommen.

Das Urteil der Söhne über ihren Vater fällt geteilt aus. Während der 1979 geborene Andreas, der jüngere von beiden und heute Student der Rechtswissenschaften in München, von einem guten Verhältnis und einem überaus harmonischen Familienleben spricht, legt bereits der Werdegang seines älteren Bruders Stefan nahe, dass jener zu einer anderen Einschätzung gelangt. Zahlreiche Freunde der Familie berichten, zwischen Stefan und seinem Vater habe es seit jeher Spannungen gegeben, und auch

Christine Deutscher räumt ein, dass das Verhältnis zwischen ihrem Mann und dem ältesten Sohn nicht frei von Belastungen gewesen sei.

Zum Bruch kommt es im Jahre 1995, als Stefan, gerade achtzehn geworden, Anfang August spurlos verschwindet – nur einen kurzen handschriftlichen Brief zurücklassend, in dem es unter anderem heißt: „Ich verschwinde [...] um endlich mich finden zu können und den ganzen verlogenen Scheiß nicht länger ertragen zu müssen".

Erst zwei Jahre später unterrichtet Gert von Weidenburg seine Schwester, dass ihn ihr Sohn aus Pjöngjang angeschrieben und um 10.000 D-Mark für ein Filmprojekt gebeten habe. Nachforschungen ergeben, dass Stefan inzwischen zusammen mit mehreren Frauen in der nordkoreanischen Hauptstadt lebt, wo er sich als Filmregisseur versucht. Eine Rückkehr nach Deutschland lehnt er vehement ab, genau so wie sein Vater sich weigert, wieder Kontakt zu seinem Sohn herzustellen. Selbst zur Beisetzung Hans Deutschers am 13. Oktober 1998 auf dem Friedhof in Klein Eichen ist Stefan nicht erschienen, wenngleich er zu seiner Mutter bis heute ein unverändert gutes Verhältnis pflegt.

Doch wieder zurück in die neunzehnhundertsiebziger Jahre: Nachdem Deutscher seine berufliche Position ausgebaut und gesichert, sowie im selben Atemzug eine Familie gegründet hat, geschieht – nichts. Oder besser ausgedrückt: es geschieht nichts, was nicht als normal zu bezeichnen wäre und über das hinaus ginge, was im Leben eines noch durchaus jungen Mannes, der seine Existenz gerade gefestigt hat, eine Rolle spielt. Nichts also, das es, weil es eben jedem Leser aus eigener Erfahrung oder dem eigenen Familien- oder Bekanntenkreis bekannt sein dürfte, an dieser Stelle gesondert zu erwähnen gälte.

Dieser Zustand der recht unaufregenden durchschnittsbürgerlichen Normalität und Ruhe ändert sich erst im Sommer 1982. Deutscher, der mittlerweile weitgehend unbeachtet in den Landesvorstand seiner Partei aufgerückt ist (ohne freilich jemals den mühseligen Weg durch die aktive Lokal- oder Landespolitik gegangen zu sein), wird zur vertraulichen Klausurtagung eines kleinen Kreises von CDU-Politikern nach Wachenheim an der Weinstraße geladen. Der Inhalt dieser Konferenz ist bis heute unbekannt, doch unternimmt Deutscher in der Folge zahlreiche Reisen nach Luxemburg, Liechtenstein und in die Schweiz. Seine Frau berichtet, er habe seit dieser Zeit auch in regem Kontakt mit einem Herren gestanden, dessen Name so ähnlich wie „Dr. Myrrhe" geklungen habe und für den mehrmals verschlossene Aktenkoffer im Bad Homburger Haus aufbewahrt worden seien. Ob dies mit seiner parteipolitischen Tätigkeit zusammenhängt ist unklar, mit dem Bonner Regierungswechsel im Oktober 1982 jedoch wird Deutscher als Experte der Rüstungsindustrie wiederholt in die Bundesministerien für Wirtschaft und Verteidigung geladen, und auch einige Besuche im Kanzleramt sind verbürgt. Worum es bei diesen Treffen en détail geht, unterliegt zwar der Geheimhaltung; als gesichert kann aber gelten, dass neben Themen der Rüstungspolitik auch parteiinterne Fragen erörtert werden – davon zeugen einige knappe Gesprächsnotizen Deutschers, die seine Frau bei der Auflösung seines Bankschließfachs gefunden hat (mehrfach kommen darin übrigens die Initialen „Dr. K.", „W." und „L.-K." vor). Eine Deutung dieser Vorgänge soll hier allerdings unterbleiben, da es zur Bestätigung von über die geschilderten Tatsachen hinausgehenden Annahmen keinerlei stichhaltige Beweise gibt.

Mitte der achtziger Jahre häufen sich Deutschers Besuche in Bonn: Josef Kuebelmayer (1983-88 parlamentarischer Staatssekretär im Bundeswirtschaftsministerium) berichtet etwa, dass er im Amt als fachkundiger und zuverlässiger Experte, gerade auch was die Interessen und Bedürfnisse der mittelständischen Industrie angehe, weithin großes Ansehen genossen habe. Vergleichbares ist auch von Beamten der Hardthöhe zu erfahren; hinter vorgehaltener Hand wird hier zudem erzählt, dass Deutscher bei so manchem Rüstungsgeschäft durch sachkundige Beratung (und in Einzelfällen sogar Verhandlung) zu einem für die deutsche Seite günstigen Ergebnis verholfen habe.

Auch in Hanau verläuft Deutschers Weg fast geradlinig nach oben: im Dezember 1986 wird er mit 38 Jahren als jüngstes Mitglied in den Vorstand der Grohmeyer AG berufen. Die Situation des Unternehmens scheint glänzend, auch wenn, wie sich heute zeigt, bereits in jenen Jahren durch geschickte Bilanzierungen die äußerst prekäre finanzielle Lage verdeckt wurde, welche letztendlich im September 2001 zum Beinahe-Konkurs führte.

Der Sommer des Jahres 1988 bringt dann noch unter maßgeblicher Beteiligung Deutschers die Vergrößerung der Firma durch den Kauf des in Charleston (West Virginia) ansässigen Software-Entwicklers ›Johnson, Dipman & Smith‹, als dann der Fall der Berliner Mauer und die deutsche Wiedervereinigung ein Jahr später seinem Lebensweg eine weitere bedeutsame Wendung verleihen.

Denn mit dem Zerfall der Deutschen Demokratischen Republik und der Eingliederung ihres Staatsgebietes in das der Bundesrepublik gilt es, die bisher zentralistisch gelenkte Planwirtschaft hinüberzuführen in das westliche System der freien Marktwirtschaft. Und um diesen Prozess professionell geführt und zugleich zügig zum Erfolg kommen zu lassen, werden erfahrene Manager der westdeutschen Industrie durch die Bundesregierung aufgefordert, einen Beitrag zum anlaufenden ›Aufbau Ost‹ zu leisten. Deutscher gehört zu den ersten, die sich dazu bereit erklären.

Nach Konsultation der mit der Privatisierung der DDR-Betriebe beauftragten ›Treuhandanstalt‹ entscheidet er sich dafür, die Leitung der Erfurter ›VEB Dynoplex‹ zu übernehmen. Der Volkseigene Betrieb mit rund 2200 Mitarbeitern stellt Kunststoffbauteile für die Haushaltswarenindustrie her und befindet sich in einem – für DDR-Verhältnisse – guten Zustand, obschon im Vergleich zur westlichen Konkurrenz nicht wettbewerbsfähig. Mit Bankkrediten, Bundeszuschüssen und Subventionen der Europäischen Gemeinschaft sowie Geldern verschiedener privater Investoren aus dem bayerischen Raum soll nun versucht werden, unter Beibehaltung möglichst vieler Arbeitsplätze die später in ›Dyno-Tech‹ umbenannte Firma in ein gesundes und profitables Unternehmen zu verwandeln.

Deutscher ist, wie Kollegen, Freunde und auch seine Frau betonen, in Hinblick auf die neue Aufgabe mit großem Elan erfüllt. Unter großer Anteilnahme aller Mitarbeiter verlässt er im November 1990 die Grohmeyer AG, um den gut dotierten Posten in Erfurt anzutreten; zu diesem Zweck mietet er dort eine Wohnung, die er in der Folge ausgiebiger nutzt als geplant, denn aufgrund der außergewöhnlich hohen Arbeitsbelastung in der neuen Position sind die Besuche zuhause in Bad Homburg, gerade in der ersten Zeit, äußerst rar.

Annemarie Wehlitz, lange Jahre in der Werksleitung der VEB Dynoplex tätig und im Herbst 1990 zur Betriebsratsvorsitzenden gewählt, berichtet von der durchaus positiven Stimmung, welche in dieser Zeit unter der Belegschaft herrscht: Im festen Glauben, dass durch die enormen Kapitalaufwendungen sowie mit der Bereitschaft zu unvergüteter Arbeitszeitverlängerung Firma und Arbeitsplätze in unveränderter Form weiter bestehen können, habe man den neuen Chef aus dem Westen mit großem Optimismus Willkommen geheißen. Dieser sei davon augenscheinlich sehr beeindruckt gewesen und habe bei seiner Begrüßungsansprache in der großen Werkhalle bekundet, dass er für die VEB Dynoplex – in Anlehnung an das berühmte Kanzlerwort von den „blühenden Landschaften" – eine blühende Zukunft voraussehe.

Dass dies schließlich ganz und gar nicht eingetroffen sei, habe man, so Wehlitz, damals natürlich nicht vorausahnen können; und außerdem sei man, allzu naiv vielleicht, geblendet gewesen vom Auftreten Deutschers mit seinen teuren Anzügen, der goldenen Uhr, dem neuen BMW und überhaupt seiner selbstbewussten und selbstsicheren Art, die in den Augen mancher Mitarbeiter freilich eine gewisse Arroganz ausgestrahlt habe.

Nach kurzer Einarbeitungsphase legt Deutscher dann Anfang 1991 einen Umstrukturierungsplan für die Dyno-Tech (vormals VEB Dynoplex) vor: Eine radikale Verkleinerung und Sanierung soll den Betrieb „fit für den internationalen Wettbewerb" machen. Um dieses Ziel zu erreichen, sollen Teile der Fabrik abgerissen und die veralteten Maschinen sukzessive durch modernere ersetzt werden; insgesamt ist die rasche Einführung computergestützter Produktionsverfahren anvisiert.

Bei weitem wichtigster Aspekt des mit ›Schlank für die Zukunft‹ überschriebenen Umstrukturierungsplanes ist jedoch die Entlassung von etwa 1500 der 2200 Angestellten; diese tiefgreifende Maßnahme kommt unerwartet für die Belegschaft und lässt, Annemarie Wehlitz zufolge, die Stimmung schlagartig „unter den Nullpunkt" sinken.

Doch trotz millionenschwerer Geldzuflüsse und weiterer Entlassungen in den darauffolgenden Jahren – Ende 1996 arbeiten gerade noch 190 Personen im Werk –

ist die Dyno-Tech nicht zu halten und muss 1997 Konkurs anmelden. Die verbliebenen Angestellten werden eben entlassen, der teilweise gerade erst erneuerte Maschinenpark nach Lettland verkauft und das wertvolle Betriebsgelände am Rande Erfurts geht in den Besitz der bayerischen Investorengemeinschaft über. Heute steht auf dem Areal ein großes und gut frequentiertes Einkaufszentrum.

Eigentlich eine Geschichte wie viele andere aus der Nachwendezeit, wären da nicht die Ermittlungen des Erfurter Staatsanwaltes Peter Schlundegg gegen den Geschäftsführer der Dyno-Tech wegen des Verdachts auf Steuerhinterziehung und Betrug. Schlundegg gibt an, im Besitz von Unterlagen zu sein, die belegen, warum trotz großer Finanzmittel und umfangreicher Entlassungen ein durchaus vielversprechendes Unternehmen bankrott gehen konnte: Hans Deutschers Ziel sei einzig und allein gewesen, in den Besitz von Krediten und Subventionen zu gelangen, die dann im Verlauf von Geschäften mit dubiosen Firmen im Ausland verschwunden seien, und am Ende sogar sämtliche Sachwerte zu veräußern – kurz gesagt: so viel Geld wie nur irgend möglich aus der Dyno-Tech herauszuschlagen, ohne jemals die Absicht verfolgt zu haben, ein langfristig prosperierendes Unternehmen aufzubauen.

Deutscher, inzwischen nach Hessen zurückgekehrt und dort als selbständiger Unternehmensberater tätig, weist die gegen ihn erhobenen Vorwürfe mit Entschiedenheit zurück. Doch noch bevor die Angelegenheit konkrete Formen annehmen kann, werden durch einen Brand in Peter Schlundeggs Privathaus fast alle Akten des Falles vernichtet, die der Staatsanwalt dorthin mitgenommen hatte, um sie am Abend weiter bearbeiten zu können. Schlundegg selbst wird bei dem Brand schwer verletzt und erliegt vier Tage später, am 16. Januar 1998, seinen Wunden. Das Feuer ist laut Polizeibericht durch eine defekte Sicherung verursacht worden, was insbesondere in Anbetracht der Tatsache Wunder nimmt, dass es sich bei Schlundeggs Haus um einen Neubau handelt. Seine Frau Sandra hegt zwar den Verdacht, dass es sich bei dem Feuer um Brandstiftung gehandelt habe und der Nachbar Heinz Metzger will eine dunkel gekleidete Person gesehen haben, die durch seinen Garten gerannt und in einen am

Straßenrand geparkten Opel gestiegen sei, doch können weder Feuerwehr noch Polizei Indizien zur Verifizierung dieser Theorie beibringen.

Die Ermittlungen gegen Hans Deutscher werden nach diesen Ereignissen mangels Grundlage eingestellt und so muss im Dunkeln verbleiben, ob die gegen ihn erhobenen Vorwürfe überhaupt aufrecht zu erhalten gewesen wären und wenn ja, inwieweit er tatsächlich den Ausverkauf der Dyno-Tech – dabei den Verlust von 2200 Arbeitsplätzen in Kauf nehmend – mit Vorsatz betrieben hat.

Anstatt eines Prozesses erhält Deutscher für seine Verdienste um den ›Aufbau Ost‹ im März 1998 das Bundesverdienstkreuz und ist über das Jahr hinweg mit der Etablierung seiner Wirtschaftsberatungsagentur beschäftigt: Er mietet in bester Frankfurter Innenstadtlage (Nähe Taunusanlage) Büroräume, stellt drei Mitarbeiter ein und frischt seine alten Kontakte zur westdeutschen Rüstungsindustrie auf (unter anderem schließt er sogar einen Beratervertrag mit seinem alten Arbeitgeber ab, der Hanauer Grohmeyer AG).

Nebenbei engagiert er sich im Bundestagswahlkampf für seine Partei, indem er um Spenden bei der Industrie wirbt und in dieser Tätigkeit, wie ein Mitglied des Bundesvorstandes bestätigt, auch äußerst erfolgreich agiert. Da auch ich in jenem Wahlkampf, freilich in weitaus geringerem Maße, tätig war, konnte ich bei einer Gelegenheit selbst miterleben, wie es Deutscher auf äußerst geschickte Weise gelang, dem Vorstandsvorsitzenden eines südhessischen Autozulieferers eine beträchtliche Spende zu entlocken, nachdem er einige Zeit und unter großzügiger Bewirtung mit Austern und Champagner auf ihn eingeredet und ihm sogar ein Treffen mit dem Bundeskanzler („im Kanzlerbungalow") in Aussicht gestellt hatte. Aber auch Hans Deutschers Bemühen kann den Verlust der Bundestagsmehrheit für die seit sechzehn Jahren bestehende Koalition am 27. September 1998 nicht verhindern.

Einen Tag nach der Wahl erhält er spät abends, gegen zweiundzwanzig Uhr dreißig, einen Anruf; seiner Frau teilt er mit, dass er am nächsten Morgen in einer dringenden Angelegenheit nach Bonn müsse – so fährt er am Vormittag des 29. September in die Noch-Bundeshauptstadt. Welche „dringende Angelegenheit" er dort genau zu erledigen hat, ist unbekannt. Der Pressefotograf Marc Kuhl will jedoch gesehen haben, dass Deutschers Wagen auf das Gelände des Bundeskanzleramtes gefahren sei; und wirklich ist im Hintergrund eines seiner Fotos ein dunkelblauer BMW 525i (wie ihn Deutscher besitzt) zu erkennen, allerdings ohne dass das Kennzeichen zu entziffern und so eine eindeutige Identifizierung möglich ist. Auch Anfragen an den Sicherheitsdienst des Kanzleramtes bringen keine Klärung, da dieser keinerlei Auskünfte über Besucher oder ein- und ausfahrende Wagen erteilt. Es scheint aber durchaus im Bereich des Denkbaren, dass Deutscher das Kanzleramt besucht und von dort womöglich auch jene Akten und Datenträger mitgenommen hat, die sich, fast bis zur Unkenntlichkeit verbrannt, nach dem tödlichen Unfall im Kofferraum seines Autos finden (und mittlerweile verschwunden sind) – denn es gibt keinen Hinweis darauf, dass Deutscher einen Freund, Geschäftspartner oder anderen Bekannten in der Gegend aufgesucht hätte.

Zwar ist, wie im Bericht der Autobahnpolizei festgestellt, der Unfall einzig auf die überhöhte Geschwindigkeit des Wagens zurückzuführen (weder Alkohol im Blut des Fahrers noch eine Einwirkung von außen können festgestellt werden), doch bleibt bezeichnenderweise auch dieses letzte Kapitel im Leben des Hans Deutscher eingehüllt in den Nebel des Zweifelhaften und Uneindeutigen...

Die Autoren

Michael Kühne

Geboren 1976 in Bonn, Studium der Neueren Deutschen Literaturwissenschaft und Musikwissenschaft an der Justus-Liebig-Universität Gießen.

Axel Löber

Geboren 1979 in Laubach, Studium der Neueren Deutschen Literaturwissenschaft, Politikwissenschaft und Psychologie an der Justus-Liebig-Universität Gießen.